U0032371

日記幸福

光禹、_____合著

作者簡介

光禹

有人說，他是廣播界的藏鏡人。但他說，他只想做個普通人。

有人說，他是出版界的黑馬。但他謙虛地說，他寧願是匹千里馬。

他的人，就在他的文字及廣播節目裡，與你真情相見。

從首部作品《媽咪小太陽》問世獲得廣大迴響後，陸續出版《親愛酷爸爸》《天天有智慧》《疼惜好生活》《誰來教我愛》《昨日的叛逆》《在勇氣邊緣》《為真愛承諾》《不放過青春》《給最初的愛》《愛回到最初》共十一本著作。

他的每一本書都讓人耳目一新、無限感動，創下熱銷紀錄。

暌違十七年後，他要再度用聲音與文字，

陪伴你聽見自己內心的聲音。

目前在飛碟電臺擔任「夜光家族」節目主持人，

每週一到五晚上七點到九點首播，晚上十一點到凌晨一點重播

及週六日晚上十點到十二點播出。

另外，KKBOX 在每週四晚上九點到十點亦有「夜光家族加映場」，

陪你溫暖一整晚。

更多作品
在這裡

飛碟電臺
夜光家族粉絲團

KKBOX
夜光家族加映場

自序
幸福的起點

　　這篇序文，是我一開始想出版這本書，最原始也最強烈的創作動機與起點。

　　我刻意把它放到最後才完成，因為覺得經歷一段完整的寫作過程，思路一定會更清晰、飽滿，剛好可以來個總結。但不料，我竟然在這裡卡關卡了許久！每每要動筆時，內心就會湧起莫名的焦慮和害怕，然後走走停停，又塗塗改改，架構一換再換，為此失眠了好幾天，一直在夜半的庭院裡，沒來由地來回踱步著！

　　那些年，我曾有過一年兩本書、不吐不快地書寫著自己一個又一個的生命故事，而現在，竟然會在這最後一步時，如此猶豫擔憂、裹足不前……

　　是因為十七年未再出書、「近鄉情怯」嗎？

　　是啊！究竟有多少讀者會願意為一個作者空等十七年的？

　　王寶釧會苦守寒窯十八年，靠的是真愛不渝的婚約撐過，然而我這莫名空白的十七年，能讓人撐著期待的又是什麼？

　　畢竟市況多變、人情會冷，你說怎能不近鄉情怯？

　　尤其讓我思緒紛亂的是，這十幾年未出書日子裡的生離死別、愛恨糾纏，竟全在這時候衝到我面前，像跑馬燈似地飛快轉著……

　　我也想起自己亦曾在意外事件中，生死一線間地倖活下來、然後復健了半年多，才回到正常生活……

　　更想起曾有幾年的時間，我反覆進出醫院檢查、治療，身體和心靈生不如死，彷彿沒有明天……

　　原來，自詡要平凡過生活，可是簡單生活裡，一樣危機四伏、暗潮洶湧，一樣少不了苦痛與惡魔！

就這樣，從不對家人報憂的我，那時每天表面平靜無波地到電臺工作、現場廣播，其他時間卻像極了行屍走肉、渾渾噩噩地拖過一天又一天。

看著鏡中狂瘦又氣息奄奄的自己，卻又求助無門……我真想哪天走在路上，就突然墜入萬丈深坑裡，從此消失不見！

後來，已在美成家立業多年，從大學就交心、像家人般的摯友，在電話中嗅覺不對、敲開了我的心門縫，所以漸漸成了我負能量的祕密掩埋場。只是當時常因他工作派駐，再加上時差，以致電話和傳真有一搭沒一搭、緩不濟急的來回，讓我的負能量積累得更多，內心也變得更憂鬱絕望、一直胡思亂想，於是……

我把自己完全封閉起來了，電話拔掉不接，成串的傳真不看，除了工作外也足不出戶！我真的只差一步就要瀕臨崩潰了，只是不知什麼時候而已！終於，那天下午、美國的夜半，我看到他再度傳來一長串的傳真信……

　　說了再多　做了再多　想不到你還是躲回自己的世界裡
　　只相信自己所想的　我真的好悲痛
　　你知道這幾天我有多擔心你　有多害怕嗎
　　如果不在意　我不會現在夜半還給你寫這些
　　黑暗的人　在天亮光明時是不會顯露黑暗的
　　只有夜幕低垂時　才會浮現他的暗黑
　　你真的太黑暗了　而且黑暗得毫不自知
　　這段日子　我盡量不被你的黑暗吞噬
　　但你　我真的拉不起來　我投降　你贏了
　　你知道每次接收了你的負能量
　　我要花多大的力氣才能排解嗎
　　就像你說的　有時你還能用廣播播歌發洩一下情緒

那我呢　我能向誰表達嗎

一個都沒有　喜怒哀樂都自己吞

我有多努力　你根本不懂

我竟然因為這事哭了

我　根　本　沒　有　在　躲　你

從以前到現在　我從來沒變過　從來沒有　我一直都在

但你　卻真的徹底傷透了我

任何一切　保持樂觀積極去想就對了

你為什麼卻偏要往黑暗　往死裡鑽

人生真的不是一直都那麼慘啊

有病苦就去面對　為什麼就是看不到自己原有的幸福

你　現　在　就　給　我　打　電　話　　聽到沒有

　　看著傳真，一個人在家的我，一直激動地狂哭，微熱的秋日午後，穿了兩件厚外套，卻還止不住我冷得發抖……

　　即使走筆至此的現在，想起那天的感覺，我依然淚水不停地流、內心顫抖不已……

　　那傳真，我永久保存了，它會一直刻在我心裡！而至於那天，我並沒有立刻打電話，因為，用國際電話來哭是很貴的！而且隔天有人也說，那晚他一樣哭到天亮、幾乎徹夜未眠，起床像感冒了……

　　想不到吧！

　　一個正準備鼓勵、邀請讀者，一起來日記幸福的作者，竟有著那樣負能量、不幸福感的過往，讓他就此停了寫作，努力對付生活，但其實，他還是幸福的！

　　原來，他不過就是個凡夫俗子！是不是！而且，凡俗到差點傷了最愛的家人摯友！凡俗到遇傷痛就只見傷痛、還自加傷痛，遇不順就

只看不順、還放大不順！他完全看不到世界上沒有誰是全然不幸，也沒有誰是全然幸福的！幸與不幸，常是一起存在的！

　　喔對了，另外他更凡俗的是儘管那段歲月這般痛苦深刻，然而這次出書，他卻不敢在文字裡，真的拿出手術刀來揮刀自剖，因為他說，會痛、而且好痛，就像寫這篇序，雖只是碰一下痛處，他就輾轉難眠、卡關了一個多禮拜了。到底是有多凡俗啊！

　　不過這點，我倒覺得無可厚非，因為只有偉大的文學家，才有能力將自己的苦痛，轉化為讀者內心的清明與共鳴。所以，在他還無法坦然以對，或者還找不到對那段生命更好的註解和立論前，我覺得他還是不要寫的好，免得只是淪為訴苦和討拍而已……

　　咦！怎麼突然嗅到人格分裂的fu啊！哈哈！
　　回來回來！別給我演什麼二十四個比利啊！現在在寫序OK？

　　所以這篇自序，原本應該是要這樣開始的：
　　當你翻閱這本新書、讀到這篇序時，你至少擁有三個幸福。
　　第一個幸福是，你能看、讀！很多人被老天爺拿走了視力！
　　第二個幸福是，你有能力擁有這本書！有些弱勢、不幸的家庭，真的只能盡力求溫飽而已！
　　第三個幸福就是，你有時間靜下來閱讀！不像有些人忙得疲於奔命，連心都是亂的！
　　當然還有很多可能的幸福並未列入，例如：你是走路去取書、你自己用手拆封的、或者，其實是好朋友送你書的……等等諸如此類，都是確實幸福的理由。
　　同樣的，此刻為序至此的我，至少也擁有三件幸福事。
　　第一，走過了生命和創作的幽谷，我現在，活在這一刻裡……

第二，我有幸經歷了五十三篇故事的豐盛與感動，而現在最後一篇的艱難，也即將抵達終點了……

　　第三……為什麼我忽然看見終點有許多人影在晃動啊？他們的臉，有些和夜光家族粉絲團或飛碟App圓圖貼照片很像，有些臉卻只寫著名字，他們，竟然全部都在等我、都在為我喊加油……

　　天啊！等一下！抱歉抱歉！此刻，我的眼前又是一片模糊了，因為實在太百感交集了……

　　這，絕對不是幻聽、幻覺，也不是幻相！

　　十七年來，真的有一群人，每一晚都會為我點亮一盞燈、等我回來。即便我有事裝沒事、暗自煩亂時，他們也認真地陪伴，讓我的每一夜都有意義，都真實地存在。

　　他們不時聲聲呼喚，催促我何時再出書，意志堅決、不離不棄。

　　他們說，我是一輩子的家人，不管節目做多久都會聽我、陪我，連孩子、孫子也都會一起陪，會聽好、聽滿！

　　於是，他們有時靜靜地、有時熱鬧地陪我穿越了生命的起落與苦痛，也把他們的生命故事，信任地交給了我、療癒了我……

　　曾經看過一句話說，陪伴是最長情的告白，但他們這份情意，也未免太長、太真切直白了吧！真是叫人……

　　這時候，可不可以麻煩美編來串貼圖，代表此心、此情、此景……

　　對！就是這個！

謝謝你們！人生萬水千山、坎坷漫長，幸好我們曾經相逢，我才沒把這份幸福錯過！

　　這些年來，我做的只是陪伴，但你們卻給了我更多更多，還告訴我，我所做的是個幸福工程，但天知道，那是因為有你們啊！

　　而這本書，如果沒有你們，同樣不可能完成！

　　你們長久的期待和陪伴，給了一個凡俗靈魂重整自己、檢視自己，並重新看見幸福的機會。

　　其實，幸福一直都在，只不過，只有心安靜了、沉澱了，才會看見。但幸福若沒有記下來，時時提醒自己，每次生活中的任何低潮挫折、苦痛困頓，依舊會再度蒙蔽你的眼睛、誤導你的心靈，讓你再度陷入絕境深淵，讓你再度忘了每天都是幸福的起點、忘了自己就是幸福的答案！

　　真的！人生最大的不幸，莫過於只看得見自己的不幸！

　　而人生最大的幸福，則是不管多苦，還是看見了自己的幸福！

　　這本書，有時我是個旁觀者、敘述故事的人。有時我又會跳入故事中，成了媽媽、孩子、老師，或者信中人……而且書中藏著許多幸福任務、巧思與功能，待你慢慢發掘和使用！

　　它是散文、也是有聲書，它是日誌、也是工具書，它能習字、也是計畫書。真的可聽、可讀、可寫、可用，還可療癒，也能練習幸福！

　　但所謂的互動式散文，關鍵還是在你！你有沒有參與、有沒有充分運用很重要！

　　所以，答應我，再忙，每天還是要盡量留一點時間陪伴自己。透過傾聽自己、與心對話、閱讀他人、書寫生活，你可以找到內心的幸福力量，讓自己更敏銳、更知足、更感恩！所以……

　　看完此篇序，請翻到前面書名頁，先完成第一個互動巧思吧！把

你的名字直接填上空白欄位，好嗎？因為這本書，將是我和你一起完成的作品！

在此先謝謝你願意和小弟我共筆囉，那是我的榮幸！

最後我要特別謝謝陶笛阿志老師，提供了他最新陶笛創作專輯的音樂，讓我錄製有聲文章音檔！其中有一篇的音樂是我的拙作〈深秋日記〉，阿志，謝謝你的選用！真是睿智的選擇呀！哈哈哈哈！

請大家多多支持陶笛阿志《好時光》最新專輯喔！

最後最後，讓我們一起來共勉～

有一天，當我們成為一個擁有較多幸福的人，或者內心幸福感很強大時，一定要多體貼別人的不幸，並且真心地分享自己的幸福，不要吝嗇。讓我們成為一個真正懂得幸福、值得幸福和傳遞幸福的人吧！

來！此刻就是一個新的幸福起點！
日記幸福的工程，現在啟動！
Let's go！

光禹
於二〇一七年十一月八日
深秋午後

人類的幸福和歡樂在於奮鬥，而最有價值的是為理想而奮鬥。
　　　　　　　　　　　　　　　　　　　　——蘇格拉底

獲得幸福的唯一途徑，就是忘掉目前的幸福，
以除此之外的目的作為人生目標。
　　　　　　　　　　　　——米勒

真正的愛，在放棄個人的幸福之後才能產生。
——托爾斯泰

老年人相信一切，中年人懷疑一切，青年人什麼都懂。
——王爾德

人往往在失去後，才發現幸福原來那麼簡單。
　　　　——夜光家族・林咕利

天空雖不曾留下痕跡，但我已飛過。
　　　　——泰戈爾

手寫心靈‧練習幸福

幸福越與人共享
它的價值越增加

幸福越與人共享
它的價值越增加

重複的事

每天都做著重複的事　看到同樣的人
天啊　這樣的人生　真是枯燥無聊　沒啥好報告

那可不　人生許多幸福事　都從重複來

沒重複吃喝拉撒睡　你怎麼維生
沒重複打理好自己　你怎麼上班
沒重複念書寫作業　你怎麼上學
而沒重複溝通協調　你又怎麼一次次完成任務
沒重複努力賺錢　你怎麼付得起房貸和生活費
給家人溫飽
還有　若沒有每天重複認真思考
又怎能避免重蹈覆轍　生活越來越好

試問　沒有這些重複　你的生命　哪來的幸福
所以　重複無罪
重複可以是幸福的積累
就看你用什麼角度去體會
就算　做這些重複事　讓你膩了　累了
你還是可以用重複的休息　找到新動力
發現重複的意義　繼續重複
不是嗎

有人一輩子　貢獻給同一份工作
更誇張的是
還有人終身奉獻做著無給職的家庭主婦
他們　不是機器人
他們一定克服許多七情六欲的厭倦
愛恨紛擾的難關
才能成為　重複的意義　最佳代言人
他們的重複　給了許多人　安定的幸福感

幸福路上　還好有這些重複的人事物
陪我們一起練習幸福　日記幸福

人生並不如想像的那麼美麗，亦不如想像的那麼醜陋。
　　　　　　　　　　　　　　　　　　——莫泊桑

　　　　／　　　／　　　／

　　　　／　　　／　　　／

快樂的祕訣，不是做你所喜歡的事，而是喜歡你所做的事。
　　　　　　　　　　　　　　　　　　——巴雷

生命再大的痛都會過去，愛和回憶會留下來。
　　　　　　　　──夜光家族・羅錦雲

看錯不如盲目，說錯不如沉默。
　　　　　　　　──拉斯金

弱者坐待時機，強者製造時機。
——居禮夫人

　　／　　／　　／

我每天等待夜光家族到來，它教會我要等待幸福。
——夜光家族‧Stella Chang

真正的友誼有如健康，不到失去時不知其可貴。
——培根

手寫心靈‧練習幸福

生活中唯一的幸福
就是不斷地前進

生活中唯一的幸福
就是不斷地前進

19

那就是你

我又夢見你了

當全世界都不理你的時候
你知道我會一直陪著你

你很正直　單純　不怕去做對的事
不像許多人行走人間江湖
深怕沾惹塵埃　只想明哲保身
他們迴避了很多表達正直　道義和溫暖的時刻
但你不同
你常常傻傻的　令人擔心地做著你覺得該做的事
所以　有時你會受傷　會心傷
那時　你才會想起我對你的勸　只是
你仍會有下一次同樣的循環

沒辦法　那就是你
你總是聽著內心的價值和感動往前走

我愛那樣動機善良　溫柔又堅定的你
卻又擔心事事做不到精打細算
學不會精明市儈的你
所以
我會繼續勸你　唸你　甚至罵你
但　我也會繼續陪著你　到永久
因為
我愛你心中那份
簡單美好的信念和價值
我也明白　這個世界
不是每個人都變得很聰明
才會更幸福

讓光禹
熟悉的聲音
陪伴你

人們缺乏的不是力量，而是意志。
——雨果

蛋沒孵化之前，先別急著數蛋。
——伊索

被人揭下面具是一種失敗，自己揭下面具卻是種勝利。
——雨果

/   /   /

/   /   /

智者說話，因為他們有話要說，愚者說話，因為他們想說。
——柏拉圖

贏了爭吵，輸了情感，贏了也是輸。
　　　　　　　　　　——夜光家族‧李睿穎

幸福越與人共用，它的價值越增加。
　　　　　　　　　　——森村誠一

手寫心靈 · 練習幸福

與其說是幸福

不如說不幸才是好教師

與其說是幸福

不如說不幸才是好教師

妳給的幸福

阿嬤離開後　他瞬間長大了
一個從小沒有父母關懷成長的孩子　突然看懂了人生
帶著阿嬤給他的愛　他展開了新生命
那時他還只是個十歲的小學生

難怪什麼都不會　原來是沒爸沒媽在管呀

才上小學　迎接他的　竟是如此粗暴不堪的言語霸凌
他小小心靈　頓時像一本被撕裂的作業簿
抗拒學習　害怕上學　完全不想見到老師和同學
他把自己封閉起來
獨自焦慮　害怕　悲傷　甚至武裝自己　像個刺蝟一樣
於是每天一早　阿嬤才帶他到校沒多久
就收到老師電話通知他又打架鬧事　請帶回管教

他陰陽怪氣的　真不知他每天來學校做什麼　老師對阿嬤說

然而回到家　面對阿嬤的淚眼追問
他卻什麼都不想說　因為　自從爸媽搞不定婚姻工作
幼時就棄他們三個小孩不顧後
阿嬤為了撐起一個大家庭　每天早已忙得分身乏術了
更何況　這還是由老師帶頭的言語霸凌
要怎麼解決　如何面對　所以　他只有繼續痛苦和逃避
直到那天　當他看到頻頻進出校園　不曾放棄他的阿嬤
竟已滿頭華髮　身形憔悴了
於是　他決定好好念書了　但才沒幾年　一次急性肺炎
卻帶走了他的阿嬤　一去不回

他說　那一刻　我突然明白人生無常　我不能一直悲傷
於是　我把阿嬤　一直放在心中
她的身教　她煮的飯菜香　都在我的腦海裡
陪我一起長大　看著我發光
所以　我從不覺得自己有什麼不幸
因為我的今天　都是阿嬤給我的幸福

別跟妖魔鬼怪計較，就當作看一齣戲吧！
——夜光家族‧NaDo Yang

不要把生命看得太嚴肅，反正我們不會活著離開。
——福特

做你自己，因為別人已經有人做了。
——王爾德

我認為人生最美好的主旨和人類生活最幸福的結果，無過於學習了。
——巴爾扎克

大量的友誼使生命堅強，愛與被愛是生活中最大的幸福。
——西德尼·史密斯

人生就好像是回力標一樣，你投擲出什麼，收到的就是什麼。
——卡內基

手寫心靈‧練習幸福

使人真正幸福的是
德性　而並非金錢

使人真正幸福的是
德性　而並非金錢

出口

聽你在電話那頭哭了
我寬心多了
因為　你的情緒終於有了出口
不需再故作堅強
你知道的　雖然此刻　我們身處不同城市
但我仍可以　傾聽你　看顧你　和分擔你
因為你說過　我就是你的天使

我知道你很倔強　所有苦總往心裡藏
讓自己輾轉難眠　胡思亂想
但陰鬱已久的天空　若沒有大雨一場
如何再見那片　透亮的晴朗
而有些苦　更不是一個人就能扛
有時　也需要一個肩膀
心　才不會徬徨
所以　別再說你會把我壓垮
你的煩惱和憂傷　奈何不了我的強心臟
我會陪你一起擋　不管風雨有多大

我也知道　距離讓未來　坎坷漫長
但沒有堅定的信仰　有翅膀　也不能飛翔
對我有信心　好嗎
對未來有信心　好嗎
心　找到出口　幸福　就會在路上

想像我在你身旁
就知道　我會怎樣與你的苦對話
因為　我是你的光
我一定會給你希望
所以　別害怕
勇敢地跟著我　不要再多想
沒有穿越不了的迷惘
也沒有到不了的地方

讓光禹
熟悉的聲音
陪伴你

多角度看待每件事，生活會更自在快樂。
——夜光家族・靜蓮媽媽

最重要的是，成為你生命中的英雄，不是受害者。
——諾拉・艾芙倫

每個互相陪伴的當下，就是最美好的禮物。
——夜光家族·Angela Chiu

/　　/　　/

/　　/　　/

我越想完成一件事，它越不像一個苦差事。
——理查·巴哈

問題不是停下的標示，而是指標。
　　　　──羅伯特・舒勒

　/　　　/　　　/

　/　　　/　　　/

知識是心靈的食糧。
　　　　──柏拉圖

手寫心靈．練習幸福

真實的愛是當她離開後
你還能愛上別人

真實的愛是當她離開後
你還能愛上別人

如何打動十二星座的心？

牡羊座

他們實際又率直，比起纏綿的愛情，更喜歡有變化的快節奏方式，所以喜歡他們就直接挑明吧！建議搭配時髦有創意的禮物，或在花價很貴的節日送一朵花告白，更能事半功倍。

金牛座

踏實的金牛，對愛情可是有著浪漫的憧憬！可以用甜言蜜語、溫柔包容來慢慢感化他們。還有那種有意無意摸到手，或是替他擦掉臉上的汗水、髒汙的小動作，也很受用喔！

雙子座

雙子座喜歡新鮮感。你要懂得搞曖昧和玩花樣，不能讓他吃定你，也不能讓他覺得你太耍心機，得有長期抗戰的忍功和耐力才行！想送禮物的話，3C 產品是不錯的選擇。

巨蟹座

巨蟹喜歡有默契的伴侶。建議你要採取主動，還要能聽得他善意的碎唸，讓他覺得滿意、有安全感。記住，激發巨蟹女的母愛、抓住巨蟹男的胃，都是成功祕訣。

獅子座

獅子會想保護、掌握情人，但如果你以為獅子只是喜歡溫柔聽話的那就錯了。他要的是能力和外表都能匹配的人，所以想要馴服獅子，還得有兩把刷子，剛柔並濟地霸占他。

處女座

與其花時間在追求攻勢上，不如提升自己的內涵與行情，讓他對你另眼相看。處女座喜歡低調，所以發展戀情請私下約。至於送禮，除非你很了解他的品味，否則情意到就好。

天秤座

所謂內外兼備，正符合天秤的情人要求。除了心地善良，也要能和他們暢所欲言，又有智慧在關鍵時幫忙出主意。想討好天秤人，可送有質感的禮物，像是別緻的手錶、飾品等。

天蠍座

天蠍在意能讀懂他們心思的人，喜歡在相互猜測探尋中了解彼此。所以記得攻心為上，並搭配有意無意的柔情放電攻勢，肯定能加分！但不要太耍小聰明，可能會招致反感喔！

射手座

能夠讓射手擁有十足的感動和安全感，才能擄獲真心，所以長期認真相處，悉心的陪伴和支持遲早會感動他！情人節或聖誕節可送飾品、花束、情人裝等能代表戀情的禮物。

摩羯座

摩羯會渴望實力相當又能輔助自己的情人。想打動魔羯的心，就要有耐心地打入他的生活圈，時不時在他最重視的事物上給予有力的幫助，還要讓他明白，你是為了他才幫忙的喔！

水瓶座

水瓶喜歡新鮮事物，所以保持新鮮感很重要。想要拴住水瓶的心，就不能緊迫逼人，還要八面玲瓏，讓他覺得跟你在一起很輕鬆開心，等他習慣和依賴這種感覺，你就贏了！

雙魚座

對愛情擁有憧憬的雙魚，渴望的是能夠保護自己與溫柔體貼的情人。只要能稱職滿足他們的浪漫理想，給予足夠的安全感，以及理解雙魚豐沛的想像力，你就是百分百情人。

日照一隅

　　溼冷了一個多禮拜，這個冬天真教人不生病也難呀！身邊感冒的朋友一堆，我好像也快差不多了。

　　忽然望向窗外發現，有些金光閃爍，我趕緊衝出家門探個究竟……

　　哇！真難得！下午三、四點的此刻，竟然出太陽了！

　　快！我立刻騎上小折，往有陽光的地方去……

　　你知道的，臺北街道樓房蓋得太緊密，天際線亂無章法，早已支離破碎，讓冬天的日照一點都不給力。除了正午的太陽，其他時間，遮的遮，擋的擋。像這傍晚時分才冒出的太陽，你若不出門，根本都不知道！

　　到大馬路人行道上嗎？

　　不！車多、人多、烏煙多！

　　到路口的大街嗎？

　　不！擠在路旁告示牌邊，好怪！

　　只有巷子裡這一段巷弄，正值東西向，剛好在樓房遮蔽物

的缺口，陽光得以安全降落……

對！就是這裡！

我停下小折，脫下外套，把兩邊長袖拉高到不能再高！

哈哈！舒服！真舒服！久違的陽光，你好！趁四下無人，你要不要來親親我的背背和肚肚啊！

哈哈哈！來來來！大片面積地晒一下！天然的尚好。

才正想偷偷撩起衣服時，遠方一個阿嬤，推著娃娃學步車走過來了……喔喔！斜對面一個男子也在這時候開門出來，在陽光下講電話……

好吧！乖一點！這樣晒個二十幾分鐘也好。

我拿出小筆記本，優雅地裝忙看著，沒想到阿嬤一走近，竟然對我說：

「少年仔，你把袖子拉那麼高！晒日頭齁！」

我這才發現，袖子拉高到太離譜的地步，幾乎已經變成無袖吊嘎了啦！

我不好意思地笑了笑，說對啊！

吸著奶嘴的小孫女瞪大眼睛，看著我。

「這種天氣如果不晒一晒，好像要生病了！」阿嬤繼續開口聊著。

「是啊！超過一個禮拜都沒有太陽，真的很難受！」我說。

「衣服洗了都沒有真正乾耶！棉被蓋起來都潮潮的……」

「以前我們陽臺還可以晒棉被、晒衣服，現在陽光都被對面的樓房給擋住了，根本沒辦法……」

「以前我們有種很多盆栽，還有種過菜，現在根本沒辦法種了……」

阿嬤滔滔不絕地說著。

「對啊對啊！對啊對啊！對啊對啊！」我像盧廣仲般地回答著。

這的確是臺北人的悲哀！

陽光過盛的夏季，大家避之唯恐不及，加上熱島效應，氣溫全臺最熱，太陽能發電在臺北卻還是行不通！而到了這種最需要溫柔陽光滋潤的時刻，卻都不能雨露均霑……哎，這該怎麼辦喔！

「多晒一點！多晒一點！今天的日頭嘟嘟啊好！真蘇湖！」阿嬤開心地說著。

「嘿啊！多晒一點，可以晒乾起來放！」我也笑著說。

這時突然發現前方來回走過兩趟的夫妻，原來也是在陽光下閒步、漫遊，享受這片刻日照的美好……

研究已經提出證實，日晒過長，會得癌症。而日晒不足，也會生病，例如憂鬱症。

就在陽光被一棟高樓隱沒，和阿嬤、小孫女揮別時，我忽然想起之前網路上瘋傳的一張照片。

酷熱豔陽下，路口紅綠燈處，完全見不到車影，因為車子統統停在離路口好遠好遠之後的樹蔭下，等待變成綠燈後才騎動、開動。可見那時的陽光有多毒。然而今天的陽光，來得正是時候，不只帶來了意外的緣會，也讓我體會……

日照一隅，就是國寶！

友誼是生活的調味品，也是生活上的止痛劑。
——愛默生

/   /   /

/   /   /

每天起床睜開眼那一刻，我都很感恩自己還活著。
——夜光家族‧Real man

我們都活在陰溝裡，但仍有人仰望星空。
——王爾德

／ ／ ／

／ ／ ／

生活中唯一的幸福就是不斷前進。
——左拉

人們放棄自己力量的最普遍方式，是認為自己沒有力量。
　　——愛麗絲・華克

樂觀是使人獲得成就的信念，少了希望與信心，沒有事情可以被達成。
　　——海倫・凱勒

手寫心靈·練習幸福

喪失未来的幸福比喪失
已有的幸福更痛苦

喪失未来的幸福比喪失
已有的幸福更痛苦

幸福小習慣

他總會提早起床　好好吃完早餐再出門　因此　他每天一到公司
身體心理早已暖機　立刻就能進入備戰狀態　表現突出
當別人　受不了高壓力的工作型態　或飲食不正常　身體出了狀況
而一個個離職時　他卻能不斷通過一關關的考驗　一再被拔擢　重用

自從她有了生平的第一支手機之後　她不像同學玩 FB 交友　積極玩新手遊
她每天都隨手記錄生活　用拍照　用錄音筆　或記事本功能
記錄她每一刻靈光乍現的想法和感動
她現在是校刊社主編　同學都覺得她將來會是個　很棒的生活旅遊作家

他知道自己很忙　但每晚睡前　家中最後一個洗澡的他　一定會做一件事
就是在洗完澡之後　順手花半小時把浴室打掃得乾乾淨淨
他說希望讓家人每天早上使用浴室時
有像在出國度假　住進五星級飯店的感覺
這一做　一晃眼就過了十年
浴室成了他們家人最紓壓自在的地方　終年芬芳

她一直保持熱忱　包括對家人　鄰居　朋友　同事　和客戶
她總是第一個問安　先主動關懷　而且不怕被拒絕　不怕被冷漠以對
別人都能理解她為何能成為全公司業績最好的銷售員
但卻不明白　她為何會有這般始終如一的熱忱　拜託　難道不會累嗎
不會呀　從小爸媽告訴我一定要真誠主動關心人之後　這就成了我的習慣
不這樣做　我反而不自在　覺得那不是我

看到沒　不知不覺中　滴水成河　聚沙成塔
不需敲鑼打鼓　公告周遭　原來　累積小習慣　就能成就大幸福

今日事　今日畢　勤儉持家　或是日行一善
真誠感謝每個愛你　幫助你的人　或是　喜歡和別人分享　不藏私
還有　生氣前先處理好情緒　再處理事件
或者　每天聽夜光家族　知道自己要知足感恩　哈哈
你有哪些幸福的小習慣呢　加油　一定要每天去做　祝福你
日日累積幸福小習慣　擁抱未來大幸福

／　　／　　／

／　　／　　／

幸福的祕訣是得到自由，而自由的祕訣是勇氣。
——修昔底德

/ / /

/ / /

壞記性是變得幸福的一大法寶。
——麗塔·梅·布朗

世界上真正有價值的事物，需要熱情和犧牲才能完成。
——史懷哲

　　／　　／　　／

　　　　　　／　　／　　／

一個人的激情與理想越多，越有可能幸福。
——夏洛特‧凱薩琳

手寫心靈・練習幸福

人 類 一 切 努 力 的 目 的
都 是 在 於 獲 得 幸 福
人 類 一 切 努 力 的 目 的
都 是 在 於 獲 得 幸 福

面對　放下

你知道嗎　這次回來十七年未踏上的家鄉
雖然景物全變　人事亦皆非　但
我完全沒有陌生的感覺　更不會近鄉情怯
因為這裡　是我永遠的家　仍有我最愛的家人
但要面對一年多未見的妳
我卻有一種莫名的窒息感和深層的焦慮
彷彿像是隔了世紀光年後的再相聚　那樣的忐忑和不安
所以　在見了所有的家人　親戚　同學和朋友後
我才把返臺十五天的最後時間　留給了妳

我們相遇在洛杉磯
妳短暫的遊學時光　給了我最溫柔的暖陽
妳的笑容像花香　飄進了冰封已久的心房
讓我知道　原來　那就是幸福的模樣
然而　當妳轉赴澳洲打工度假
我卻像墜落了天堂　陷入不斷輪迴的迷霧和憂傷
因為　妳遇見了另外一個他　陪在妳身旁
而打工結束後　你們也一起返回臺灣的家
於是　你們近水樓臺　我卻只能望洋興嘆

謝謝妳　沒有拒絕這次與我見面　妳還是一樣美　只是隔了千里遠
還有一點說不上來的疲倦　洩漏在刻意談笑風生的言語間
妳說　我依舊很特別　以後回臺或赴美　我們一定要常相見
但那一刻　我明白這是我們最後的道別
至少對這段感情而言

終於　輕描淡寫地
面對了　放下了　不再糾纏
因為　我不想再夜夜深陷苦痛的深淵
謝了妳祝福我的下一段美好情緣
但那已不是我此刻的生命重點
因為　我只想快點把這一年多失去的自己
一片片找回
我才有可能　再在愛裡　振翅高飛

意志力是幸福的源泉，幸福來源於自我約束。
——喬治·桑塔耶那

雖然我食指斷了一節，但我學鋼琴一樣學得很快樂。
——夜光家族·Lee Huey

生命是一篇小說，不在長，而在好。
——辛尼加

　　／　　　／　　　／

　　／　　　／　　　／

幸福就像香水，不是潑在別人身上，而是灑在自己身上。
——愛默生

心裡難過時，仍記得給他人溫暖的人，真的很偉大。
——夜光家族．Natasha H Chang

/　　/　　/

/　．　/　　/

真正的幸福，雙目難見。真正的幸福存在於不可見的事物之中。
——楊格

手寫心靈·練習幸福

天空雖然不曾留下痕跡
但我已翩然飛過

天空雖然不曾留下痕跡
但我已翩然飛過

幸福對話

在將隻身遠赴義大利接受新型血癌治療前　她被公司辭退　因請假過長
而剛分手的前男友也在她啟程前一天
將過去舊物包裹寄還給她　她瀕臨崩潰

他是政大地政系孫振義教授　是學生眼中最佳老師
卻經常在夜光家族中　扮演了比師者更多層次的角色與貢獻
亦莊亦諧　亦深刻亦淺顯　號稱正義 seafood
以下謹擷取教師節當晚夜光家族 App 禪師開釋對話
請務必小心參閱　閱後若得內傷者　概不負責

不就是一包俗物　專心哭吧　聽 seafood 的話
該丟就丟　如果後悔了　以後再買就好　很多事都是假的　暫時的
有些人你永遠不必等　有些物也永遠不必留
喔對　若有貴金屬這類俗物　也千萬別留身邊　就放到 seafood 這邊來
啊哼　這樣叫人怎麼專心哭嘛 seafood　又哭又笑的　她寫到

只要多喝水　勤憋尿　還要記得　別跑　別動　別出汗
讓體內水分原料　集中火力從眼睛噴出來　就能專心哭啦
若做不到就是沒天分　就別再哭了吧
哈哈哈　哪招啊　可是　我又失戀　又失業　又要去打仗
我的人生不只在谷底　我根本就是在地心呀

那就穿過地心　從世界另一端鑽出來吧
這樣鑽出來　地球會毀滅的
妳的世界早就崩壞　還擔心地球毀滅嗎　別怕　破壞是最好的重建
但重建前要記得　貴金屬　還是得交給 seafood 啊　我會祝你重生滴

嗚嗚嗚　我真的不想走啊
該跟他走　就得跟他走　我是說　飛機
他　喔是飛機　那飛機怎麼是走的
此言差矣　飛機先走　後跑　再飛　當然要先跟他走呀
PLAYBOY 卡夫納那麼爽的人生　最後不也走了
真的沒什麼過不去的　妳要加油
記住　把眼淚流在臺灣　笑容展現在國外　然後健康地回來

遵照道德準則生活就是幸福的生活。
——亞里斯多德

　　　　／　　　　／　　　　／

　　　　／　　　　／　　　　／

一件事的價值大小，應看它能帶來多少幸福。
——坎布里奇

失戀是種成長，是為了下場戀愛更美好。
——夜光家族‧黃傳良

/   /   /

/   /   /

只有整個人類的幸福才是你的幸福。
——狄慈根

／　　／　　／

／　　／　　／

手寫心靈・練習幸福

當野心終止了之後
幸福就要開始上路了

當野心終止了之後
幸福就要開始上路了

相信奇蹟

每個人一生中，至少會碰到一件「奇蹟」！

才怪！

第一次聽到這句如此浪漫奇想的話時，我嗤之以鼻！懷疑到底有多少人會相信奇蹟。因為，日復一日的考試壓力，年復一年的生活、工作磨難，讓人都必須學會實際，不去渴望或相信奇蹟。

要奇蹟，看看電影、看看小說，要什麼有什麼，多得嚇人！

只是，年歲越長，我越發現關於奇蹟，往往都不是來自於我們期待的好事或好運發生。

真正的奇蹟常常是在意想不到的時刻，給你意想不到的收穫，而且也常常不是以你想到、看到的形式出現，而是讓你用心去感覺的，然後，讓你非常感動和感謝。

我想起小學時期的一位同班同學。他有點口吃和弱智的樣子，再加上常愛藉故找人哈啦和爭論，於是成為全班共推的討

厭鬼。

那時有些人，不時會拿他小時候發燒燒壞腦袋的事取笑他，甚至還會在抬便當去蒸的過程中，偷打開他的便當放一把沙，或者把他的雞腿咬得骨肉模糊。但我一點都不能有這樣的感覺和行為，因為我是班長，我得阻止這樣的狀況一再發生，而且我和他又住得近，只隔兩條巷子，所以每天，我都「必須」和他一起回家。

有些同學會故意笑著「擔心」我說：「跟他相處時間那麼多，會不會跟他一樣阿達？」

這玩笑，我忍了，對他給我「愛哭又愛跟路」的困擾，我也認了，頂多只是跟他講話時，有一搭沒一搭而已。

直到小學六年級家長會的那一天……他好奇地操作我參加科展的作品時，不小心弄壞了不自知，還一直不停手，我當下氣急敗壞地用力拍了他的手，大聲地吼著：「你可不可以不要再弄了！」沒想到才講完話，一回頭，卻驚見他媽媽複雜的眼神看向我。想必她是看到那一幕了！她還曾經拜託過我多多照顧他呢！

原以為，事後她會向老師告狀，沒想到她一直沒有，畢業典禮時，還帶著他，一起來向我道謝。那一刻，我很心虛，眼神不知放哪兒好！

上了國中，不同的學校讓他「終於」離開了我的生活，雖然我們還是住得那麼近。

有一次在公車站牌偶遇他，是他先開心地叫住我。匆匆幾

句談話中，知道他已休學沒念書，去當木工學徒。就這樣，他離我更遠了，我幾乎不再期待有他的消息。

多年後，當兵退伍前，就在家附近的公園裡，我看到一個年輕父親身影，對著正在玩耍的小寶貝說：「沒關係，爸爸在這裡，你不要怕，慢慢下來！」

沒錯，是他！我認出來了。但我遲疑地沒叫他，最後還是讓撇過頭瞧見我的他，熱情地叫了我。又在匆匆的談話中，我知道眼前這個曾經不被期待的討厭鬼，踏實地走出了自己的路。他的口吃不見了，樣子變了，同時有著兩個小孩的他，經營著一家小土木裝潢行，而且他也搬家了。

原來，人長大成熟的過程，本身就是個奇蹟！而且，人生的路千百條，每一條都有奇蹟！他自然大方的反應，對比我當下的猶豫不前，真令自己羞愧汗顏啊！還曾經是班長咧……

這樣的奇蹟，讓當時處在退伍徬徨心境中的我，內心衝擊很大。從那天開始，我再也不能不相信奇蹟。原來所謂的奇蹟，常常不是用你預期的方式出現，也不一定是給你的！

希望我的小故事，也能讓你開始相信奇蹟，進而開始回顧那些曾和你交織過生命成長故事的人，發現他們一個個背後，成長的奇蹟。

人類是唯一會臉紅的動物，或是唯一該臉紅的動物。
　　　　　　　　　　　　——馬克·吐溫

吵架的氣話最是傷人，十之八九將來都會後悔。
　　　　　　　　　　　　——夜光家族·張小瑋

學會學習的人，是非常幸福的人。
——米南德

　　　／　　　／　　　／

　　　／　　　／　　　／

世界如舞臺，你我只不過是個演員。
——莎士比亞

當內心充滿感激，你就會為所愛的人改變自己。

——夜光家族‧施初心

/　　/　　/

/　　/　　/

幸福就像那些星星。它們不能遍布整個夜空；它們之間有空隙。

——泰戈爾

手寫心靈・練習幸福

只有整個人類的幸福

才是你真正的幸福

只有整個人類的幸福

才是你真正的幸福

給自己的春天

想和你一起聽聽歌了
愛聽歌的人是幸福的
因為　可以把風霜雨露　四季更迭
暫時關在心房外
認真享受與心對話　與歌對話的片刻

而你要做的只是把音樂打開
心情　回憶　和自由
就立刻被釋放　被擁抱

今天　我留了一片春田給自己
我用好歌　好詞　好故事　灌溉
我有暖心　暖情　暖回憶　陪伴
忽然間　更好的我
在這片春田裡發芽　成長　開花
我在自己的節奏和旋律中
讓不安與傷痕　漸漸平撫　淡去
我　變成了徐徐和風　輕舞飛揚
我　就是自己的春天

所以　先別急著換上春裝
也不用刻意打扮
更無須奔赴遠方賞櫻　賞春天
只要好曲滋潤相伴
你的心　就是最好的春田
你　也可以是
自己的春天

讓光禹
熟悉的聲音
陪伴你

當你幸福的時候，切勿喪失使你成為幸福的德行。
——安德烈·莫羅阿

任何人都是自己幸福的工匠。
——梭羅

內向、寬厚和無私是幸福的三大要素。
　　　　　　　　　　　　──馬‧阿諾德

生命像一股激流，沒有岩石和暗礁，就激不起美麗的浪花！
　　　　　　　　　　　　──羅曼‧羅蘭

快來行夜光光合作用，化一天的疲勞為能量。
——夜光家族 · 王薇雅

　　／　　／　　／

　　　／　　／　　／

背離自然也即背離幸福。
——塞 · 詹森

68

手寫心靈·練習幸福

真正的幸福雙眼難見
是存於不可見的事物中

真正的幸福雙眼難見
是存於不可見的事物中

愛的花園

是你開了這扇門　讓她走進花園
感受萬紫千紅的繽紛　蜂蝶圍繞的熱鬧
但當她代替你　成了布置花圃的園丁
散播花香的使者後
你卻步了　害怕了
你怕她朝暮流連芬芳花叢　日夜沉醉蜂飛蝶舞

於是　你大吼了
夠了　這是什麼花紅柳綠的世界
妳根本不知
就意亂情迷　樂此不疲
妳走吧　走得越遠越好

你想一刀切斷恩怨　不留迴旋
也不理她哭倒露溼門前　只求你的諒解和信任

這花花世界我玩過　我了解　你說
但她沒玩過　所以她不了解　我說
那你只要告訴她好好提防就好
不必激情演出八點檔啊　我說
如果　夫妻間　沒有基本信任
就會心間處處有鬼　花園處處飄鬼
陽光　照不進來　愛也出不去呀

你愛她　我知道
你真的非常　非常愛她　這無庸置疑
但有信任的愛　才值得有花園
才能輕鬆享受
窗外皆美景　滿室芬芳自然來的幸福
不是嗎

一朝開始便能夠永遠將事業繼續下去的人是幸福的。
——赫爾岑

我們必須接受失望，因為它是有限的，
但千萬不可失去希望，因為它是無限的。
——馬丁·路德·金恩

過去的一切都是智慧的鏡子。
——克・羅塞蒂

/　　/　　/

/　　/　　/

喚不回錯過的歲月，那就繼續往前，不要再錯過。
——夜光家族・Isabel Feng

幸福的首要條件在於健康。
——柯蒂斯

我們唯一該害怕的就是恐懼本身。
——羅斯福

手寫心靈・練習幸福

好好地愛自己是

一個人浪漫一生的開端

好好地愛自己是

一個人浪漫一生的開端

你以為的人生

妳考得上再說嘛　聽到你對姊姊說出這句話

你考上人人稱羨的大學　我本來就沒半點喜悅
現在又更沉重　甚至　只剩心痛

我知道　現在說太多都沒用了
因為事情已經確定　你的小聰明　和你的運氣
讓你進了一流大學
可是　你究竟花了多少心　盡了多少力　你自己很清楚
這幾年　你一再放棄自己的夢想設定
退守到只求有名校光環
而完全不在乎念的是不是理想和興趣　這　真是你要的嗎
為什麼　當姊姊跟你說只要多努力一點
你一定可以考上原先設定的目標　而不是現在這個科系時
你就傲氣四射　口無遮攔地亂發輕蔑狂語
我很怕　今後你認為的人生
是不需要太努力　就可以過得好
而且是自以為比別人好

沒錯　從小在學校的表現　姊姊都不如你
你頭腦機靈　口才便給　各種比賽都有你
所以　你風雲　但姊姊沉穩
而你靠的是才智　姊姊靠的是踏實和努力
這是師長親友　早已看出的事實
但你卻以此自恃　還恃寵而驕　看輕了姊姊
你不記得她從小怎麼呵護照顧你　從不吃醋的嗎
你怎麼說得出這樣的話

我不知道你將來會多有成就
但如果沒有謙虛和感恩　踏實和盡力
而只有投機取巧　恃才傲物
我想那成就　絕不會堅固　也不值得喝采
因為　幸福的路上
從來沒有驕傲和自滿

即使是一個智慧的地獄，也比一個愚昧的天堂好些。
——雨果

靠智慧能贏得財產，但沒有人能用財產換來智慧。
——貝·泰勒

即使被社會化了，也永遠不要放掉心裡的那份純真。
——夜光家族‧Aska YH Tough

/   /   /

/   /   /

財富就像海水，飲得越多，渴得越厲害；名望實際上也是如此。
——叔本華

如果有一天，我能夠對我們的公共利益有所貢獻，
我就會認為自己是世界上最幸福的人了。
——果戈理

一個廣播節目陪伴我們超過二十年，多麼偉大的幸福工程啊！
——夜光家族‧徐聖堡

78

手寫心靈・練習幸福

幸福存在於生活之中
而生活存在於勞動之中

幸福存在於生活之中
而生活存在於勞動之中

還需要嫉妒嗎？

你只是不願意承認
其實　你的不開心　都因為嫉妒吧
沒錯　是有很多原因讓你很難不嫉妒他
例如
為什麼他總是表現得比你出色
做什麼事也比你容易成功呢
還有　為何他講的話大家都更願意聆聽
一舉一動也更容易吸引大家的目光
這些　的確都很讓人心裡不是滋味
因為　人性嘛
可是　你知道嗎
反而最該嫉妒他的原因　卻被你忽略了
而且　還視而不見呢
那就是
他不浪費一點點時間去嫉妒別人
而是拿來　增強自己　做更多有意義的事
難道　他不是人　沒有人性的情緒嗎
那倒不是　關鍵就在於
當你認清　嫉妒不會讓自己變得更好
但花時間提升自己　預先準備未來的事情卻可以時
那些沒必要的情緒　就會立刻散去

你知道他為什麼做任何事比別人容易成功嗎
那是因為　他花很多時間　在思考問題
規畫步驟　和排除執行的困難
另外　他還有一項最好的習慣
就是　他善於利用時間
只要一有想法和計畫　日常的零碎小時間
都成了他可用的小幸運
讓他可以聚沙成塔地　一步步完成夢想

所以　你說
往幸福的路上　還需要嫉妒嗎

知識就是力量。
——培根

／　　／　　／

／　　／　　／

膽敢浪費一小時時間的人，必未曾發現生命的價值。
——達爾文

81

我沒有失敗，只不過是發現了一萬種不可行的方式。
——愛迪生

/ / /

/ / /

快樂很簡單，但要簡單卻很難。
——泰戈爾

痛苦煎熬的時候，越需要找人聊天、宣洩。
——夜光家族·劉人豪

在患難中支持我的是道德，
使我不曾自殺的，除了藝術以外，也是道德。
——貝多芬

人生就像騎腳踏車，為了保持平衡，你必須一直前進。
——愛因斯坦

／ ／ ／

手寫心靈・練習幸福

一	個	人	成	為	他	自	己	了	
那	就	達	到	幸	福	的	頂	點	
一	個	人	成	為	他	自	己	了	
那	就	達	到	幸	福	的	頂	點	

十二星座的成功特質

牡羊座

牡羊的缺點就是太衝動，沒有計畫也敢一頭撞過去，所以輸贏反而變成一種賭注。想要成功就必須懂得停一停，就算要衝第一也得有策略，所以思考與聽取他人意見很重要。

金牛座

金牛雖然刻苦耐勞、勤奮踏實，但最怕就是沒有遠大的目標而庸庸碌碌一輩子。請改變貪圖穩定安逸的想法，主動學習適應新環境，果斷抓住機運，成功才會指日可待。

雙子座

聰明的雙子總是有很多新鮮的想法和創意，可惜總是像小孩般三分鐘熱度而流於空談。想成功就不能三心二意，只要能專心致志、持之以恆地落實自己的想法，絕對會有一番作為的！

巨蟹座

敏感的巨蟹總是瞻前顧後、自尋煩惱，或是受他人負面影響而變得消極。請放開胸懷、縮小內心陰影面積，樂觀面對自己的選擇，成為一個積極又有自信的人，就能開啟成功之門。

獅子座

因為自信滿滿常不自覺就會心高氣傲的獅子，要不斷提醒自己謙虛低調，否則聽不到外界真正的聲音就慘了。交際能力是你的優點，多花一點耐心去獲得能交心的朋友，會是你成功之路的助力。

處女座

不服輸的你很愛和人暗中較勁，人際關係上有些刻薄，往往是職場致命傷。而擅長規畫事情與處理細節是你的優點，所以請放下計較，專心發揮處理事情的才能，就會成功。

天秤座

天秤總因為希望事情能達到眾所期待的完美而感到焦慮不安。其實你不是沒能力，而是被追求平衡的猶豫不決拖累了。別太在意他人目光，只要意志堅定並善用溝通能力，你的成功之路會更寬廣。

天蠍座

一旦有目標出現就會野心勃勃並高調達成，加上防備心與報復心重，使得人緣不佳成為天蠍的弱點。除非你只想單打獨鬥，否則請你放開胸懷與人交流，會獲益良多。

射手座

喜歡擅自決定、很少考慮旁人的射手，總無法在現實與自由間取得平衡。你應該要給自己一些壓力，抉擇出真正想要的目標並專心一致，或許能成就出自己的一片天地。

摩羯座

固執又不喜歡認輸的摩羯，總是理性處事，但過分理智反而會造成人際上的誤會。何不嘗試放下身段，多傾聽他人想法再融合自己的思考，就能離成功更近囉！

水瓶座

熱愛自由、新鮮事物與創意的水瓶，最需要的就是能將他從不切實際的想法中拉回的朋友甚至對手。想成功就要認清現實，時時警惕人外有人天外有天，讓自己更強大。

雙魚座

擁有豐富的幻想與聯想力，是雙魚的優點也是缺點。對雙魚來說，有夢想才有動力，只要別太天馬行空和感情用事，能給自己壓力去努力實踐，就有機會成功。

幸福躲貓貓

親愛的馬迷：

當妳這次玩回來的時候，一定會發現，我又在跟妳玩躲貓貓了，因為每次玩躲貓貓時，都是我和妳的幸福時光。

這次，妳一樣還是會在廚房，洗碗槽下的櫃子裡找到我，妳也一定會像過去一樣，拍拍我的屁股，取笑我像鴕鳥一樣，只藏頭不顧屁股，算哪門子躲貓貓！

只是這次，當妳邊抓我的背、邊將我溫柔地抱出時，我再也不能舔一舔妳的手、磨蹭磨蹭妳的臉了……

別哭馬迷，我只是在我最熟悉、最安靜的地方，一個人去神遊、去旅行了……

但妳還能像過去一樣，再次抱抱我、給我梳梳毛嗎？

因為那是每一次躲貓貓之後，妳給我的獎賞。

我永遠記得我們第一次的躲貓貓是什麼時候。

前一個主人不懂我，用蓮蓬頭給我沖水洗澡，我嚇得抓傷了他，半年不給他洗，身上卻也孵出了跳蚤，他只好緊急向妳求救。

　　沒想到，妳把我捧在洗臉槽，用最溫柔的水流為我梳洗。那一刻我彷彿置身天堂，也從此愛上了洗澡！喔不！是愛上了馬迷妳為我洗澡！所以，我想留在妳身邊，和妳在一起！我不想每次洗完澡再被帶回前主人家。

　　於是那一天，我下定決心要玩一次躲到天荒地老的貓貓！果然，大家都找不到！哇哈哈！我好像憑空消失了一樣！

　　於是，前主人走了，我留下來了！呀比！成功！

　　不過後來，還是被馬迷妳找到了。因為妳累了，癱坐在床上，不解我到底會躲在哪裡？這才摸到……七層被下軟軟的球狀物！矮油！那是我啦！

　　妳看我一臉可憐樣，驚呼地抱著我、猛問我，怎麼鑽進去的？怎麼沒窒息啊？還一直給我秀秀……

　　那一天，我認定了！妳就是我馬迷！

　　妳總是跟每個來家裡的客人說，我是貓界的洪金寶，看起來胖，卻身手矯捷！我每次聽到都好驕傲！我是啊！我真的是貓界的洪金寶！只要你們看過我追著鏡子的反射光，你們就會知道我有多厲害了！好說好說！

　　只是，後來我真的有點太胖了，也老了，連走路都會喘。但是好漢就是好漢！提提當年勇！還是好漢！

馬迷！請別難過我的離開，好嗎？

我們有過的幸福時光，我會永遠記得，相信妳也會！

我一定會再回來的，只是不知道什麼時候。但我相信當我回來時，妳一定會知道那就是我！

因為，我會像過去一樣，在妳心情不好時，讓妳把臉埋在我的肚肚上，跟我哭訴，一起輕聲說話！我一定會像這樣靜靜地陪著妳，直到妳心情好起來。

我也會像過去一樣，陪著行動不便的爺爺講講話，讓他吐吐苦水的。

到時候妳也要像過去一樣寵我疼我喔！

然後，一定要記得在玩躲貓貓時，一樣要拍拍我的屁股，叫一聲……

傻大屁！出來啦！屁股都被看光光了啦！

馬迷！妳一定要等我喔！

生活是一面鏡子，
我們夢寐以求的第一件事情就是從中辨認出自己。
——尼采

你必須成為你在世界上想看見的那個改變。
——甘地

手中的一隻鳥勝於林中的兩隻鳥。
——希伍德

/　　/　　/

/　　/　　/

那麼容易被人影響，將來怎麼能獨當一面。
——夜光家族・李睿穎

／　　／　　／

／　　／　　／

成功是一名糟糕的老師，它誘使聰明人以為自己不會失敗。
　　　　——比爾蓋茲

手寫心靈・練習幸福

幸福來自成就感
來自富有創造力的工作

幸福來自成就感
來自富有創造力的工作

沒有遺憾

如果有一天　走到人生最後
你說　你也會像鳳姊一樣
一個人靜靜離開　灑脫又自在　連我也不想說
那一刻　戳中了我的痛
我忍住瞬間湧起的淚水　和你討論著

跨世代國寶巨星鳳飛飛　唱了一輩子　經典無數
老天爺卻在她生命最後時光　收走了她被萬千擁戴的金嗓
讓她根本無法和最愛的家人　朋友
說說話　好好道別
她只能靜靜轉著人生跑馬燈　獨自回憶過往
現在想來　依然叫人心痛

所有珍貴美好的事　都認真交流
精采發生了　人生就沒什麼遺憾
所以　就留些時間給自己吧　你說
熱淚盈眶的我　聽著　覺得你好狠
但我想到　你每天拚了命為我付出的一切
彷彿如果明天是生命最後一天
你也不會有遺憾那般
這我懂　盡心日常　就是幸福　也很感動　但可不可以

那若是你　你希望怎樣呢　你問
頓時　我啞口了　因為
其實我也一樣　也想靜靜一個人走
因為　我也覺得　愛與感謝
都不是留在最後　交功課　做結論的
所以呀　何必要有遺憾和不捨咧　你說
該帶走的　你早會在心裡打包好的
你這話　又讓我無言了

反正　不管
你就是不能不告而別就對了

/　　/　　/

/　　/　　/

我們總是考慮太多，卻太少去感受。
—— 卓別林

偉大的人物總是願意當小人物。
　　　　　　　　──愛默生

建築在別人痛苦上的幸福不是真正的幸福。
　　　　　　　　──阿‧巴巴耶娃

生活只是由一系列下決心的努力所構成。
——富勒

/　　　/　　　/

/　　　/　　　/

如果我們做該做的事，所有的勝算都會高些。
——查理士·巴克森

手寫心靈 · 練習幸福

幸福就像香水不是潑在
別人而是灑在自己身上

幸福就像香水不是潑在
別人而是灑在自己身上

基因決定我愛你

為什麼我愛你　我不知道耶
是因為外表嗎
喔　不不不　我才不是那麼膚淺的　外貌協會呢
但是
你的手先放下嘛　別急別急
你還是很美　OK
那　是因為內在美嗎
喔　不不不　我才不在乎你是什麼罩杯呢　呵呵呵
但是
手還是放下來　別那麼急嘛
你的內在美就是
心美　人自然就美
反正　你上上下下　裡裡外外
就是天然的尚好啦

其實　每次吵鬧　我知道都是我的不完美
至於你完不完美　我不知道
但是
麻煩手再放下來好不好
我是說　你完不完美
我一點也不在乎　而且
那也一點都不重要
我只知道這輩子
我決定愛你了　因為
很久以前　彷彿上輩子
我早就聽過你的聲音
聞過你的氣息
彷彿　我早已深愛過你了

所以　不要再問我
為什麼此刻我會愛你　OK
那是因為　我身體裡每個細胞　都告訴我　要愛你
每條基因　早就決定
我愛你

男人最難溝通的就是尿尿亂噴，又講不聽，又愛生氣。
　　　　　　　　　　　——夜光家族‧Jp Jp

/　　　/　　　/

/　　　/　　　/

金錢買不到快樂，但它能在你可憐的時候讓你非常舒服。
　　　　　　　　　　　——克萊爾‧布思‧魯斯

/   /   /

/   /   /

／　　／　　／

／　　／　　／

手寫心靈・練習幸福

笨人尋找遠處的幸福
聰明人在腳下播種幸福

笨人尋找遠處的幸福
聰明人在腳下播種幸福

醉翁之意不在酒

為什麼球隊像中了魔咒　一直輸球
你卻仍堅持每次從臺南開車往返
到球場支持　深夜才回家呢
難道開在高速公路上的你　心情不落寞嗎
不會覺得浪費錢　浪費青春嗎

你說生了場大病　動了手術之後
看生命中的大小事　再也不是看最後輸贏
過程精不精采　有沒有盡全力
才是你要的重點
輸球　當然會落寞　但離開球場就結束了
何況　沿路邊聽著夜光家族
你又找到　每天都是新起點的幸福

原來　醉翁之意不在酒
對你來說
多高貴的純釀　再珍藏的陳年好酒
都比不過飲酒當下
清風對月的美景　和暢快交心的友情
因為再好的酒下肚助興　都會淡去
但此情此景　卻會常留心間

就像
球賽輸贏時的激情與快意恩仇　也會淡去
但是　看到球員不棄不捨的拚勁
和有始有終的運動精神
卻讓你感覺明天　仍有幸福　還有希望
一如　你的生命態度

原來
即使輸球　哥看球的心依然不同
因為　哥看的是熱情
哥看的是態度

夜光家族裡，我們成為彼此生活的一部分。
——夜光家族・孫振義

人生開始於舒適圈的盡頭。
——尼爾・唐納・沃許

生命，努力活下去就對了！
——夜光家族‧胡光廣

人類一切努力的目的在於獲得幸福。
——歐文

___/___/___/

手寫心靈·練習幸福

真	正	的	幸	福	來	自	身	心	靈
投	入	夢	想	的	追	求	之	中	
真	正	的	幸	福	來	自	身	心	靈
投	入	夢	想	的	追	求	之	中	

留一條幸福的路

　　當一個聲音童稚、語氣卻無比早熟的五年級男孩，帶著哽咽的語氣問說，媽媽生日快到了，但爸爸就是不讓他們見面怎麼辦時，我的眼眶頓時紅了起來⋯⋯

　　他告訴我，爸媽在他小學二年級一次躲進房間拼樂高時，吵架離婚了，他跟著爸爸，已經住三年了。本來和媽媽還可以定期碰面，但現在越來越難。爸爸只要一聽到有關媽媽的種種事情，就會暴怒。姑姑也勸他少在爸爸面前提媽媽。

　　他說，他真的好想去見媽媽，常常晚上自己一個人想到好難過！

　　後來，我 call out 給媽媽！她一開始還能 hold 住情緒，但當我唸出孩子用她教的方法，傳到粉絲團私訊區給我的一封信，她聽完後爆哭了出來！

　　因為，孩子寫說他現在每天聽著夜光家族，成了心靈最重要的寄託，因為那會讓他想起小時候和媽媽一起聽節目的情景！媽媽再也忍不住情緒了，哭得不能自已。

這彷彿是一封孩子情緒出口的求救信！

她說她也很想孩子，但沒有辦法，孩子爸爸的個性一向剛烈如此，她只好選擇退出，讓孩子的姑姑和奶奶可以全心愛這個孩子。

而雖然名為和前夫共同監護這個孩子，但最近碰面的限制卻越來越多，她也不知道該怎麼辦才好……

她說走法律途徑，只會激怒孩子的爹，讓孩子越來越難受，對問題也沒有幫助。她只能把握越來越少有的碰面機會，告訴孩子她也很想他，要自己照顧自己，不要惹爸爸不開心，她會再想想辦法的……但她真的不知道該怎麼辦呀！

想到孩子的成長過程如此辛苦，她就好心疼，而且想到孩子曾經表達過想要跟她一起住，就越想越傷心！

「既然他在學校有輔導老師的安慰開導，那妳是不是可以親自到學校去，和孩子同步尋求協助和意見呢？」我說。

「透過社福機構的幫忙和協助，說不定可以找到與爸爸和姑姑溝通對話的管道和方法呢！」

她一聽，認真思考起來了，也覺得可行。於是她止住了淚水，開始仔細地與我討論起來。

小學五六年級到國中、高一高二的年紀，是成長個性板塊運動最劇烈的時期，需要最豐沛的愛。那麼愛他的媽媽，卻無法陪他成長，這肯定是孩子生命中最大的痛！

而一個爸爸竟無法體貼孩子最重要的需求，只在乎自己的不爽和恩怨，難道這是當初留下孩子一起住的初衷嗎？

　　為什麼可以把自己的負面情緒，凌駕在孩子成長的幸福之上呢？我真的不懂！

　　可以先把大人之間的恩恩怨怨、個性不合先放一邊嗎？找出對孩子最好、不影響他學習成長的模式。畢竟，成長只有一次呀！

　　我認識一對個性超不合、離婚多年的夫妻，仍同住一屋簷下，一切就為了給孩子們健康的成長環境！

　　而就在孩子二十歲那年，他們決定告訴孩子早已離婚多年的事實，沒想到孩子反而告訴他們，其實他早就知道了！因為他從許多蛛絲馬跡發現了，也翻過離婚協議書……

　　孩子抱抱他們，說謝謝他們為了他，保留了一個讓他可以好好成長，完整的家！

　　你猜後來怎麼了？後來他們又繼續住在一起！

　　而且孩子大學畢業前夕，他們又結婚在一起了！

　　彼此留有善意，為孩子保留一條幸福的路，離異的婚姻，誰說不能給孩子正常的成長，也給彼此找到未來再次幸福的能量呢？

　　孩子加油！媽媽加油！

愛的關鍵詞，就是珍惜擁有、把握當下！
——夜光家族·Lisa Tsai

/ / /

/ / /

世間的任何事物，追求時候的興致總比享用時候的興致濃烈。
——莎士比亞

愛自己就是開始一場延續一生的羅曼史。
——王爾德

/　　　/　　　/

/　　　/　　　/

你唯一注定成為的人,就是你決定成為的人。
——愛默生

毫無行動是通往一事無成的途徑。
——霍桑

我是幸福的，因為我愛，因為我有愛。
——白朗寧

為了要活得幸福，我們應當相信幸福的可能。
——托爾斯泰

幸 福 的 祕 訣 是 得 到 自 由
而 自 由 的 祕 訣 是 勇 氣
幸 福 的 祕 訣 是 得 到 自 由
而 自 由 的 祕 訣 是 勇 氣

多工達人

會運用時間的人　通常感覺比較幸福

她在下班回家煮飯前
就先啟動洗衣機　同步燒著開水　還燒了一壺養生茶
而等煮完菜　衣服也洗好了
晾了衣服　吃晚餐時　她還和家人聽著
最愛的廣播節目夜光家族　笑談著家族愛說笑
吃完飯邊洗碗時　她和美國的大姊　二姊　三方通了電話
計畫著下次回來　怎麼給老爸過生日
每天　她就像一部多工的電腦
總可以在不同時間　同步　同時完成許多事
甚至運動快走　洗澡時　她也經常聽歌　練歌
因為　她是他們公司活動的最佳主持人　和理所當然的表演者
隨時練唱大量新歌是必要的　否則歌到用時方恨少啊
而更令人不可思議的是　她每天居然還有時間
哭得一把眼淚一把鼻涕地追劇呢　真叫人羨慕吧

一天同樣是二十四小時
為什麼有人可以自如地完成那麼多事
覺得生活過得好精采　好充實
而有些人卻覺得　總被時間追著跑　什麼事　都做得不夠好
還瞎忙到一點生活品質都沒有
其實　原因常在於　怎麼充分運用時間

會多工同步處理許多事　需要統合判斷每件事情的輕重緩急
再分配時間　順序　進行運用　這需要經驗　觀察力　和專注力

所以　我喜歡觀察社會每個階層　多工達人們工作時的身影
尤其　同時煮著好幾種不同的麵　蛋花湯　和炸排骨
還同步算帳單　收錢　找錢的麵攤老闆
更是時間精準運用　多工的典範　活脫脫就是隻八爪章魚
讚嘆之餘　他們總提醒著我
要成為更棒的時間運用者　自己還有許多進步的空間呀

有愛的地方就有生命。

——甘地

／　　／　　／

　　　　　　　／　　／　　／

若你想贏得一個人的支持，你必須先說服他，你是他的摯友。

——林肯

116

愛要及時，照顧好自己，照顧好身邊的人！
——夜光家族‧Chung Yung

／　　／　　／

／　　／　　／

為人類的幸福而勞動，這是多麼壯麗的事業，這個目的有多麼偉大！
——聖西門

包含著某些真理的謬誤是最危險的。
——亞當‧斯密

/   /   /

/   /   /

你若對自己誠實，日積月累，就無法對別人不忠了。
——莎士比亞

魚網遮不住陽光，謊言騙不過眾人。
——古巴諺語

手寫心靈‧練習幸福

遵照道德準則的生活
就是幸福的生活
遵照道德準則的生活
就是幸福的生活

幸福的能力

我一直不解　為何從他很小　爸爸離開後
他都不曾對我這個媽媽　說出他是否想念爸爸
是因為不想讓我擔心　還是因為我們生活都忙
沒有機會說　更沒有時間回憶　所以　只有一直往前　不停歇

或者　會不會是因為他爸爸過世後　我再也沒把他看成是個小孩
我讓他盡可能地獨立　能自己做的　都讓他靠自己
所以學校成績　他從沒讓我操過心　平時生活自理能力　他也讓我很放心
而且　從小學五六年級起　他就自己坐車
往返北中南各地棒球場看球賽　我從不擔心
是不是這樣過早獨立的原因　才讓他即使有心事也不想對我說了
我不得而知　直到那天

那天聽到光禹無預警突襲 call out 給他
他竟談笑風生　說出許多我從未聽過的心裡話
雖然都很平常　很普通　但卻讓我很意外　也很感動
他讓我覺得十五歲的他　真的不是個孩子　因為　他有幸福的能力了
他淡定拆解來電　猜出是光禹　也猜到會被偷錄音
他故意不答　他媽媽號稱基隆徐若瑄　到底美不美　只猛打太極　打哈哈
他還故意隱藏自己的棒球夢　說反話　說他不會打棒球　只愛看棒球
其實他打得很好　還考上一所高中棒球校隊
只是後來還是選擇一般高中升學班　他和光禹就像朋友般地聊著　玩笑著
那口氣和方式　自在又親近　一點違和感都沒有
就像個大人　不　他就是個大人

原來　這些年　當我忙於婚顧事業　為別人的幸福　疲於奔命時
他悄悄地把自己變成這個家的另一個大人
讓我確實　不必擔心他　他代替了他爸　又不像他爸
他有自己獨特表達　思考的模樣
其實　我們常鬥嘴　吵架　他總要我聽聽他的想法
原來　他也一直在撐起這個家
原來　這麼多年　我很少想起他爸爸　都是因為有他
謝謝你　孩子　謝謝你練就的　幸福的能力
這個家　還好有你

勝利不是一切，但想要勝利的心卻是。
　　——文斯・隆巴迪

友誼是兩顆心真誠相待，而不是一顆心對另一顆心敲打。
　　——魯迅

生活並不複雜，複雜的是我們自己。
生活是單純的，單純的才是正確的。
——王爾德

/　　/　　/

/　　/　　/

愛的相反不是恨，而是冷漠。
——埃利‧維瑟爾

122

你不是成為你想要的，而是成為你所相信的。
——歐普拉

普通人只想著如何度過時間，有才能的人則試圖利用時間。
——叔本華

一件事要嘛是容易的，要嘛就是不可能的。
——達利

 手寫心靈・練習幸福

一件事的價值大小

應看它能帶來多少幸福

一件事的價值大小

應看它能帶來多少幸福

做到好

隔天　她再重新做了雪Q餅　寄來
我被嚇到了　是在參加甜點大賽嗎　會不會太認真了
不過　真的很讓人感動

她說第一批做完　寄出來給我之後
她一試吃　發現含水量比例不對
吃起來口感　沒那麼酥鬆
她立刻知道原因出在哪裡　於是
她馬上決定　要重新做一次　再寄給我
信中說　她覺得很抱歉
建議我可以把第一批丟掉　吃這批新的就好
什麼　我吃了耶　很好吃呀
為什麼要丟掉　我在心裡大叫著
也隨即拆了　試吃新一批的雪Q餅
看看到底差在哪裡　結果
口味完全一模一樣　很好吃啊
至於口感嘛
對啦　是比較有酥鬆感一點啦　可是
如果沒有兩批一起比較的話
真的很難分辨　其中的差異呀　所以
第一批當然不能丟　而且我決定每一次吃
一定要先吃一塊第一批的　再吃一塊第二批的
體會這個態度背後的　深刻意義

她一定很重視我　也很嚴格自我要求
凡事一定都會堅持做到好　不得過且過
而且是　不管別人有沒有發現問題
她都會靠良知　自我檢視　然後立即改進
你說有這樣的態度　和堅持
哪個朋友不信賴　哪個老闆會不愛
更重要的是　哪裡還有克服不了的難關
這　就是一種　幸福的態度
充滿了被期待　被感恩　被祝福的正能量

／　　／　　／

／　　／　　／

當你往前走時，要一路撒下花朵，
因為同樣的道路你絕不會再走第二回。
——歐文

人生不只是握有一副好牌，有時候是把一副爛牌打好。
——傑克‧倫敦

真正的幸福只有當你真實地認識到人生的價值時，才能體會到。
——穆尼爾‧納素夫

仁慈是聾子聽得到、瞎子看得見的語言。
　　——馬克・吐溫

/　　/　　/

/　　/　　/

若想得到你從未擁有的東西，你得願意做你從未做過的事。
　　——湯瑪斯・傑佛遜

手寫心靈・練習幸福

美的事物總是與
人生的幸福和歡樂相连

美的事物總是與
人生的幸福和歡樂相连

找自己

從國中生資優班　狂狷自負　我行我素
甚至和媽媽鬧翻　離家出走　打工　睡公園　覺得凡事只要靠自己就夠了
再到高中　成績一落千丈　負面情緒瀰漫　卻不知到底該怎麼辦
只有任由自己渾渾噩噩　時常提不起勁上課
你的經歷像一部　迷失年少的電影　讓人想出手拉你　救你
於是　我鼓勵你　寫下那張字條　揮別昨日
也向那段分手戀情的痛苦糾結揮別　給對方和自己一個出路

嘿　好久不見了　這段時間　我失去好多
但也漸漸明白　都是因為自己逃避了兩年
真的　很對不起妳　讓妳陪著我　莫名地繞了一大圈
從今天起　我會好好面對自己的過去　為自己負責
過往的我們　已隨風而逝　相信未來的我們　一定會　比現在更精采
我們都好好努力吧

沒想到你把字條交給她之後　她回給你的竟是
你他×的連我要考什麼都不知道吧　可笑　沒必要再說那麼多垃圾話了

我知道你的心在滴血　流淚　任誰看了這樣的回覆　都會震驚　心痛
否則你不會說　怎麼會變這樣　還說　真後悔寫了那張字條
但是　我要告訴你　你做得很好
這次你很勇敢地面對過去　面對她　這次你沒有逃避對她的想念和歉意
這份字條　真的是一份貴重的心意　給她　也給你自己
所以　我要給你一百個讚的鼓勵　真的不需懷疑　這份對的勇氣和努力
更不要把她的話視為打擊　讓自己再退回過去
因為
或許　她此刻也正人不癡狂枉少女　或者　過去的痛苦　還是迷亂著她
讓她一時忘記怎麼給你祝福　也或許　是現在喜歡她的男生代她回覆的
這些　都有可能　其實　迷失　暴走　逃避　和不知所措
都是在尋找自己的過程　就像過去叛逆的你一樣
而叛逆之後　有些旅費　事後還是要補繳的　對嗎
所以　現在先放下她　放下徬徨　走進自己的陽光裡　不要再回頭
或許哪天　在哪個轉角　你還會和美好的她相遇呢
現在　就先把自己過好些吧

我相信進步。同時我又十分相信，人類具有決定幸福的能力。
——海涅

懦夫在死前先死了很多次，但勇敢的人只嘗過一次死亡。
——凱撒大帝

努力任何夢想的過程，都千萬莫忘初衷！
——夜光家族・卓小雁

/   /   /

/   /   /

比其他人優越算不上高貴，比從前的自己優越，才是真正的高貴。
——海明威

只把死了沒做也沒關係的事留到明天。
　　　　——畢卡索

聰明但沒有野心，就如同沒有翅膀的鳥。
　　　　——達利

我們失敗，是因為我們告訴自己失敗了。
——托爾斯泰

✒ 手寫心靈・練習幸福

懂得學習分享的人
就是非常幸福的人

懂得學習分享的人
就是非常幸福的人

134

十二星座的金錢觀

牡羊座

牡羊卯起來搶錢的時候是其他人望塵莫及的，很多富豪都是這個星座。請發揮野心與眼界，全心投入有願景的事業，或投資自用買賣兩相宜的房產、收藏等。但別忘記，開源之餘也要節流喔！

金牛座

金牛會為了鐵飯碗而去學得一技之長，建議你憑藉這種精神，多方研究理財投資情報，拿出一筆積蓄勇敢做投資，或是購買保值的黃金、珠寶等，相信都能大有斬獲。

雙子座

雙子很有自己的一番理財之道，而且人脈廣、消息靈通，十分適合做股匯方面的理財投資。清晰思路和能說善道的優點，則可考慮從事大眾娛樂、行銷業務等行業，讓自己揚名立萬。

巨蟹座

顧家的巨蟹，就算賺錢、理財也是希望能為家庭帶來好處，所以可考慮加強投資在自己有研究的儲蓄保險、不動產、餐飲業等產業，相信定能有所收穫。

獅子座

獅子喜歡交友結黨，很適合從事保險、銀行等幫人投資理財的行業，或是需要人氣的娛樂產業，將這些朋友圈變成人脈財源。但千萬不要借錢投資，一旦出問題就毀了。

處女座

你屬於務實派，會有錢都是憑自己努力賺來的，但如果想要更有錢，就得改掉龜毛個性，並拋棄不敢冒險的心態，挪出一筆錢來大膽投資股匯基金，甚至要勇敢地創業！

天秤座

首先要改掉自己的購物欲，省下逛街或網購等不必要的開銷，這樣才能存得了錢。再來就是善用天秤良好的人際關係，與朋友合作或是獲取情報，在事業與投資上作為賺錢利器。

天蠍座

你天生就對賺錢有很強的能力與磁場，只要多和朋友交流並跟著直覺走，肯定能賺到銀子。但你的花錢欲望媲美賺錢能力，一定要規畫每個月的儲蓄，才不會淪為月光族和卡債族！

射手座

射手賺的錢大多消耗在玩樂上，所以想變得更有錢就得回歸到現實面。由開銷最大的先下手，比如一年少旅行一兩次、關心消費贈品或折扣等，從小事開始累積，能省就是賺更多！

摩羯座

你懂得積少成多的道理，除了努力賺錢外，還有一套自己的理財規畫。在你的定義下，花出去的錢一定要能賺回來，可以考慮報酬率較好的儲蓄險、股匯投資以及房地產。

水瓶座

除了基本的儲蓄與小額投資理財外，水瓶最能賺錢的方式就是創意，不如放膽為實現自己的理念與夢想一搏，投資在自己的創意上，相信會有意想不到的收穫喔！

雙魚座

你很容易相信別人的建議，若是聽信不正確的說法就容易投資失利，所以你在財務規畫上一定要分配好，找個真有專業又個性務實的人協助你理財投資，抓住好時機，想變更有錢不是問題。

無常與平常

二〇一五年六月二十七日那一夜，從哈林的盡情揮灑，陳奕迅的自在寫意；到羅志祥的超強舞藝，林憶蓮的溫婉深情；再到徐佳瑩的知性飄逸，張惠妹的狂飆霸氣；無不歌頌著年度金曲盛會的精采圓滿。

這是音樂人辛苦耕耘一年的能量大豐收。華麗莊嚴又不失幽默溫馨的演出，臺上臺下完美交融著。整夜盡是何樂不為，無歌不歡。

但再美好的慶祝時刻，總會有人心傷失望。

「幾家歡樂幾家愁」的名句就簡單道出得獎與未得獎者的心情寫照。

另外，每段表演後，網民的即時評論，有時會把人捧上天，有些卻會將人推入深谷，其中字句往往憑藉的僅是不加思索、不明就裡的個人喜好，甚或是不需求證、不負責任的道聽塗說。像當晚小豬羅志祥，就是個血淋淋的例子。

「我有跳錯，你真的看不出來嗎？而且我不是耍酷，而是太緊張，臉都僵爆了，好難看喔！怎麼連戴了墨鏡還是遮不住緊張咧……」面對我再次看完重播後，打電話告訴他其實表演得真的很棒，並想進一步安慰、鼓勵他時，小豬竟完全沒有需要「秀秀」地豁達笑談一些只有他自己才知道、介意的缺失。

「真搞不懂自己幹嘛非要挑戰那麼難的魔鬼舞，這一兩個月的壓力實在不是人擔的。沒想到我挺過了，也終於跨越內心的金曲魔障……」小豬說。所以，一跳完到後臺，他立刻忍不住嚎啕大哭，因為他得釋放壓力啊！

至於隔天報紙所提某些網民的酸話，小豬竟一點都不介意，因為他知道現場聽到、看到的人，都知道他的演出並沒有「走鐘」（失常），而且最重要的是，他知道自己真的盡力了。

原來，那夜羅志祥精湛優異的，不只是亮眼、完成度極高的演出，事後面對批評時的坦然、虛心和平常心，更讓人佩服。電話中的他，已全力以赴地又開始投入下一段工作考驗了。是的！「盡力而為，平常心以對」，是羅志祥「金曲舞極限」體驗課程，最棒的體會與收穫。

然而，教人震驚心痛的是，那晚當金曲歌舞正酣時，卻傳來八仙樂園彩色趴粉塵爆炸事件。各家新聞臺不斷傳入的最新消息和令人怵目驚心的影像，逐漸取代了熱鬧的頒獎實況。

就在大家盯著電視上猶如人間煉獄的畫面而驚嚇難過得不知所措時，已有數不清的志工、醫護人員，緊急協助救難。既使趕赴現場與醫院的傷者家屬，亦只能稍釋傷痛和驚懼，就得

即刻投入照顧與處理，因為一連數週，甚至數月生死交關的煎熬已等著他們了，他們沒有時間一直陷入傷心，只能趕快接受和面對這份莫名的無常。

因此在探究事故起因、刑責，及分析如何避免重蹈覆轍，並找出參加活動時「趨吉避凶」的方法之外，我們是不是更該體認人生的本質就是無常，它「恩威難測」，禍福時程實在難以捉摸。所以，歡樂豐收和意外劫難，經常同時發生，教人既錯愕又措手不及。唯有平常心，才能讓我們看見並接受這份人生的無常，不沉溺、陷入巨大的狂悲和狂喜，才能立即捲起袖子，迎接隨之而來的衝擊和考驗。

而當你讀到這篇文章時，請問那夜羅志祥金曲舞極限的網評風波還重要嗎？還是早就過如雲煙？而當晚八仙塵爆那麼大的慘烈劇痛，此時還令人滴血心傷？或是已漸平復呢？

不管當下有多難過，可以確定的是，生命中的無常都如驚濤起落，都會有淡去或轉變的時刻。再大的悲苦煎熬，我們一定都能關關跨越、走到今天，是吧？只不過若能有平常心面對，我們會盡早接受人生那麼多變的無常，而不會一直反覆為心所苦、那麼艱難，是不是？

但人要是在面對問題時，都能有那麼淡定、灑脫、俐落的態度和智慧，不知有多好！

加油吧！我們既然能好不容易地來到現在，我們肯定也能走到未來！不要懷疑地前進吧！

只要常保感恩心，凡事都會過得去了！
——夜光家族‧陳淑貞

生氣，就是拿別人的過錯來懲罰自己。
——證嚴法師

一個不注意小事情的人，永遠不會成就大事業。
——卡內基

＿＿＿＿＿＿＿＿＿＿＿＿＿＿＿＿＿＿＿

／　　　／　　　／

誰若想在困厄時得到援助，就應在平日待人以寬。
——薩迪

生氣的時候，開口前先數到十，如果非常憤怒，先數到一百。
——湯瑪斯·傑佛遜

夜光家族是個可以感動、可以哭，但永不會失意的地方！
——夜光家族·賴怡靜

手寫心靈・練習幸福

當你幸福時　切勿喪失
使你成為幸福的德行

當你幸福時　切勿喪失
使你成為幸福的德行

聽見雨聲

六月　梅雨季結束前　我只要聽見了雨聲　我總會想起你
因為你像這時的雨　時而傾盆狂洩　暢快淋漓　時而綿細翻飛　老成內斂

你的音樂　曾帶領我　探訪山之巔　水之涯
你的執著　也讓我體會　無愛不唱　無情不歌的真心
幸好　我們都曾相逢　否則出世的奇才　真讓人不知你從何而來
也幸好　我們都曾真真實實地聽見你　成長歲月　才得以如此熱血　精采
更幸好　你留下的作品　如此豐富　澎湃
才能讓我們　現在每次想你時　都能再次用心地聽聽你　唱唱你
再次體會你的奔放與多情　深邃與遼闊

六月　我再次聽見雨聲　我再次　想念雨生

〈聽你聽我〉　曲：陳光遠　詞：光禹

你沉沉地睡著　我靜靜　看著你的容貌　聽你的呼吸　聽你的心跳
忽然很想告訴你　謝謝你過去帶給我的美好

人生挫折不少　你的聲音　給我很多依靠　聽你談未來　聽你大聲笑
忽然很想喚醒你　現在就陪我去山上繞繞

你是我的寶　我一直為你感動驕傲
即使夢想再累再煎熬　你仍然緊緊抓牢
真心的執著　絕不放掉

你是我的寶　我一直為你感動驕傲
外面的世界　再多紛擾　你依舊把單純擁抱
生命的旋律　越唱越高

今晚聽我輕輕唱　我想給你　一分愛的力量
聽我為你祈禱　聽我說說話
我已經打開窗　準備和你　迎接每天的太陽

不離、不棄，真心就會一直在。
——夜光家族‧劉人豪

　　　　／　　　／　　　／

　　　　／　　　／　　　／

在你發怒的時候，要緊閉你的嘴，免得增加你的怒氣。
——蘇格拉底

144

一個從未犯錯的人是因為他不曾嘗試新鮮事物。
——愛因斯坦

不惜犧牲自由以圖苟安的人，既不配享受自由，也不配獲得安全。
——富蘭克林

生命並不是以學期來劃分的。你不會有暑假，
更不會有老闆有興趣幫助你發現自我，你得自己找時間做。
——比爾·蓋茲

自我控制是最強者的本能。
—— 蕭伯納

手寫心靈・練習幸福

每一個人都是
自己一生的幸福工程師

每一個人都是
自己一生的幸福工程師

青春世代

一個六月午后
三個女人　一起看婚紗照
嘰嘰喳喳說個不停　歡聲不斷
窗外暖陽繽紛　輝映著她們　青春的笑顏
像極了三朵搖曳春風的花蕊
而不同世代的照片裡
她們雖衣服款式各異
但都美得令人驚豔　散發著迷人香氣
好似百合　似玫瑰　或者像……

我哪有妳們說的　像牡丹花那麼美

有啦阿嬤　我覺得黑白照片中的妳
比我跟媽媽的彩色結婚照還漂亮呢

是啊媽媽　妳真的很會擺 pose 呢

妳阿嬤當年如果去選美
絕對拿冠軍得金牌　對吧　水姑娘
一旁看報的阿公忍不住插嘴
微笑眼神裡　閃著動人光彩

年歲會消逝　照片會泛黃
然而青春一旦在腦海停駐
一輩子都色彩斑斕　永叫人怦然心動
青春
是一首首流過每個世代
澎湃的歌

偉大的理想，一開始都被忽視，然後則是被嘲笑，
接著則是群起反抗你，但最終還是會獲得勝利。
——甘地

社會上崇敬名人，於是以為名人的話就是名言，
卻忘記了他所以得名是哪一種學問和事業。
——魯迅

如果你把每天都當成最後一天來過，
總有一天你會證明自己是對的。
——賈伯斯

/   /   /

/   /   /

思而後行，以免做出蠢事。因為草率的動作和言語，均是卑劣的特徵。
——畢達哥拉斯

別盲目追求事物，想清楚再做才不會後悔！
——夜光家族‧張小瑋

／　　／　　／

／　　／　　／

為失策找理由，反而使該失策更明顯。
——莎士比亞

人生有兩齣悲劇。一是萬念俱灰；另一是躊躇滿志。
——蕭伯納

✒ 手寫心靈・練習幸福

内向　寬厚和無私
是幸福人生的三大要素
内向　寬厚和無私
是幸福人生的三大要素

遺珠

每次金曲獎入圍名單公布後
毫無意外地　諸多遺珠好歌與優質音樂人
隨即浮上許多人的心頭
不斷為他們抱憾　叫屈
是因為評審口味偏向
還是比賽本來就很殘忍
要不然　他們為何會被棄成遺珠
都不是　你知道的
藝術本來就　無法真正分高下的
每個音樂作品的主題　風格和功能都不同　怎麼比呀
就像　香蕉和芭樂誰好吃
或者　豆干和豬肉誰營養　你說嘛
辯論得出結論　才怪

所以　每年在頒獎典禮來臨之前
我總會特地挑選許多金曲入圍遺珠與大家分享
只因為我曾被這些人　這些作品　深深感動過
我藉此　向每首動人樂章背後的音樂人
沒日沒夜的付出　致敬

入圍　獎項　容納量都有限
但靜心欣賞　卻能聽見作品背後
價值無限
相信我　許多溫潤光彩的金珠
我們不能再錯過
沒有錯過　就不算遺憾
而若能深深愛上
這些作品　就會活得非常精采
就不是遺珠　也沒有遺憾了

當嘔心瀝血的作品
一再被聆聽　被傳唱　甚至變成了經典
更勝獲得一尊靜置櫥櫃的獎座
對吧

不要對一切人都以不信任的眼光看待，但要謹慎而堅定。
——德謨克里特

    /   /   /

    /   /   /

對一個尚未成熟的少年來講，壞的夥伴比好的老師起的作用要大得多。
——伊索

一個沒有立場的人總是相信任何事。
——馬丁·路德·金恩

要能感覺存在，就需加強對美的感受力。
——詹姆士·雷德非

手寫心靈‧練習幸福

一旦背離了自然

也就是背離了幸福

一旦背離了自然

也就是背離了幸福

城裡的月光

　　七月盛夏，一個沒有月光的週五夜晚，一通電話裡的故事和求救心聲，震撼了當晚正在收聽飛碟電臺「夜光家族」節目朋友的心。

　　「我吃憂鬱症的藥兩年半了，我想我已走到山窮水盡……連社工都再也無法幫我了……我真的快要崩潰，很想一了百了……」

　　「因為手臂肌腱炎嚴重發作，我沒了工作、也無法工作，身上幾無分文。我被房東趕出來，已無家可歸。而且也沒錢去看病，只能任它痛到不行……」

　　「我請警察打聽臺中的父親及弟弟下落，卻毫無進展。而我在臺北也沒半個朋友，無人能依靠，一切只能靠自己，但……我真的好累，光禹哥，我很怕自己會這樣一直流落在街頭……」

　　她是小蘭。原本我以為，她只是內心深陷憂鬱泥沼而無法自拔，需有人好好聆聽安慰而已，沒想到當我越深入追問、越

提供意見，小蘭的回答就越發教人心疼與難過。她的身體、生活確已走投無路了。兩年半來，因為反覆的憂鬱症和身體先天病痛所苦，小蘭一直進出醫院看病、吃藥，也用盡了所有社會資源。她住過平安居、遊民收容所，期限到了就換另一處。而因戶籍在臺中、又找不到失聯多年的家人，所以她根本無法申請低收入戶及身心障礙手冊。失業一段時日，連吃住都成了問題。「淪落街頭以來，我沒睡好也沒吃什麼。有時吃了安眠藥，想讓自己入睡，但卻很沒安全感，不敢熟睡。只好每天吃止痛藥，治頭痛和手痛……」

她說謝謝我讓她有個抒發的管道，她答應我不會想不開。「我哭一哭，擦乾眼淚，還是會勇敢面對每一天！」她說。

對話中，電話那端一直湧入許多關心、鼓勵她，和想辦法幫助她的朋友。一位來自臺中的餐廳主廚潘先生表示，小蘭若能回臺中來，他可以立即在他們餐廳幫她安排一份工作，有員工宿舍供吃住。或者也可以請臺北分店店長幫她安排工作面試，只是目前臺北宿舍已滿，要等一等，但沒關係，下個月後新的內湖分店就要開了，到時她來工作、吃住都沒問題。另外，還有位蔡小姐約小蘭隔天在捷運站碰面，因為週末馬上就有發傳單的打工機會，可解其燃眉之急。

當然也有家族朋友私下善意提醒：「可憐之人必有可議之處的過往或背景。」「可以幫她，但千萬別給她錢，否則會害了她。」和「小心啊！會不會是詐騙呢？」他們從理性的角度來分析這件事。

「光禹，我和女友現在就可以立刻到小蘭那兒看看，或許

能立即幫上一些忙……」一位剛約完會，正載著女友回家的黃先生說。

　　於是，節目結束後沒多久，黃先生和女友回報了他們在士林二十四小時店家內所看到的小蘭景況——瘦骨嶙峋、身體精神狀況均極糟。他們經過十分鐘短暫交談後，給了她五百元，和一張已有儲值金的悠遊卡，並留了她電話，允諾會再回來幫助她。離開前，小蘭和黃先生的女友都哭了。你知道嗎？後來黃先生女友找了兩位經常一起參與公益活動的好姊妹，一同來看小蘭。除了給她三千元生活費、帶她看病、代付醫藥費外，還輪流帶她回家住、照顧她、開導她，也陪她去工作面試，並幫她找到租屋處、還為她付了第一個月房租……

　　「她們是天使，我會永遠銘記於心！」十月中飛碟臺慶時，再次聯絡上小蘭，想起這段充滿感激淚水的過程，她心中依舊無限感動與感謝。她現在有工作、有地方住，只是剛失去萌芽的情感，正療著心傷。

　　我想起了許美靜的歌：「……城裡的月光把夢照亮，請溫暖她心房，看透了人間聚散，能不能多點快樂片段。城裡的月光把夢照亮，請守候她身旁，若有一天能重逢，讓幸福灑滿整個夜晚……」謝謝夜光家族的天使們，你們的愛，溫暖、無私而有智慧，讓那夜沒有月亮的臺北城有了月光，照亮一個孤單無助的靈魂，讓她尋回生命的常軌。

　　小蘭，別管過去的傷痕與折磨，也莫再輕易陷入新的痛苦輪迴。帶著這份感恩，好好活著！讓自己有天也能成為發光的天使，在黑夜中照亮迷途、失魂的人！

生時麗似夏花，死時美如秋葉。
——泰戈爾

這個世界總是充滿美好的事物，
然而能看到這些美好事物的人，事實上是少之又少。
——羅丹

161

光禹是每天陪著我開車的副駕駛。
　　　　　　　　　——夜光家族・陳英豪

所有口述手寫的辭句中，最悲哀的就是「本來可以……」
　　　　　　　　　——惠蒂爾

/ / /

/ / /

成為一個成功者最重要的條件，就是每天精力充沛地努力工作，不虛擲光陰。
——威廉・戴恩・飛利浦

手寫心靈 · 練習幸福

不貪心　　只期盼少許
才能接近最高的幸福

不貪心　　只期盼少許
才能接近最高的幸福

逆轉勝

你答應我們　你永不放棄
你會盡一切可能　做最好的努力
於是　你保持樂觀　甚至聽從建議　改名換運
最後　還嘗試了新療法　想奮力一擊
你說　你一定要逆轉勝　而最後　你做到了

我知道　每次你參與節目時
都是在癌症時好時壞過程中的清醒時分
你會搞笑　充滿正向能量　關心許多朋友
因為　你不想給大家負擔
然而　輕描淡寫的病情　任何人都看得出
你每天過得有多折磨
但你一直要大家別掛心　你一定會成功的
就因為這樣的態度　每次你的出現
反而鼓舞了夜光家族
讓大家更有愛　更懂得珍惜
也讓大家更團結　一起陪著你逆轉勝

謝謝你　一直沒有放棄　說到做到
更謝謝你　拚盡全力　深刻告訴我們　你　如何逆轉勝
只是　用生命與天拚搏拔河的人
絕不是用死生論勝敗的

即使最後　新療法完全不見效
你仍以無比的正能量　奮力走到了最後一刻
並保持著勇者的風範與身影　繼續激勵　安慰許多人
所以　你成了最後　真正的勝利者了
因為　你得到了最多的擁抱　讚　和尊敬
但老天沒有

生命有期　信念無敵　你逆轉勝的形象和力量
將會一直深深地刻在大家的心坎裡
永遠　不會淡去
謝謝你　柏宏

光勤勞是不夠的，螞蟻也是勤勞的。要看你為什麼而勤勞。
——梭羅

常識就是人到十八歲為止所累積的各種偏見。
——愛因斯坦

我們要盡可能為生活增加一些東西，而不是從中索取什麼。
——奧斯勒

尊重人不應該勝過尊重真理。
——柏拉圖

學會選擇適合自己的愛情，因為最好的未必適合自己。
——夜光家族・Pin-Jun Lin

想像出的障礙無法被克服，但真的障礙可以。
——芭芭拉・歇爾

手寫心靈 · 練習幸福

與	其	先	享	福	後	受	苦		
不	如	先	受	苦	後	享	福		
與	其	先	享	福	後	受	苦		
不	如	先	受	苦	後	享	福		

慢慢來

剛剛應該把你氣急敗壞　推倒樂高的畫面　拍下來
將來讓你看看　這一刻你多沒有耐性

不要害怕好事多磨　也不要不耐煩進度為什麼那麼慢
太快實現的夢想　太容易完成的功課
通常不會讓人有太多幸福感

人生有太多事是急不得的
親情　友情　愛情　夢想　健康　統統都是
它們都需要你每天認真灌溉　細心照顧
甚至還得忍耐煎熬　排除一次次難關
才會有甜美的果實　讓你幸福享用
沒有一蹴可幾　一勞永逸那麼美好的事
如果有　那就是塑膠花

而學習　就是讓你認清生命中
許多事　要有耐性　要慢慢來
因為　人生就是個拼圖　就是樂高
一出生　就開始拼了
剛開始　需要人幫你　漸漸地　你可以靠自己
而且越拼越多片　難度也越來越高
因為　那就是真實人生的寫照
你必須認真對色　看邊　偶爾碰碰運氣
甚至遠望　觀察　沉思　等待福至心靈的驚喜發現
這些　都需要慢慢來　急不得的

當然　我知道拼不下去的那一刻
你只是想專心一致地快點克服它　完成它
但越急就越壞事　越拼不出來　對吧　下次別忘了之前
有一次吃完飯之後
你居然找到了很難突破的好幾片　接著　後面很快就拼完了

有時人生太急　走不下去
放慢了腳步　卻會有意外的進度

在一個瞬息萬變的世界裡，不去冒險是唯一保證會失敗的策略。
——馬克‧祖克柏

面對光明，陰影就落在我們身後。
——海倫‧凱勒

如果你認為輸贏是最重要的事，那你就輸了。
——歐康諾

每一個人無論怎樣渺小，在自己的眼中，都自有其分量。
——荷姆

只要付出代價，你便可以隨意選擇。
——里昂

手寫心靈 · 練習幸福

人類幸福的兩大敵人
就是痛苦和無聊

人類幸福的兩大敵人
就是痛苦和無聊

如果早一點

如果我早一點看清
地質不良　地基不穩的愛情　不適合蓋樓
我就不會經歷　樓起樓塌　天翻地覆的痛
更不會讓你　為我　牽掛到最後　含恨而終

他吸毒　還一次次家暴
任何人都知道　只有離開一途
只有我傻到以為　我有能力用愛為他救贖　用愛就能留住幸福
沒想到意外懷了孕　勉強生下孩子後
他卻打得一次比一次兇殘
然後用年幼的女兒控制我　讓我跑不遠　離不開
而他媽媽竟還慫恿他　一定要打到我怕
我才不敢再逃出

就在那夜將被打死　激烈昏亂之際　我心死了
只有頭也不回　落荒逃回家求助
當你開門時　我的遍體鱗傷　你的病體龍鍾
讓我們　抱著崩潰大哭
我是多麼不孝的女兒呀　這麼多年沒回家關心過你
卻一直讓你為我揪心摧殘　肝腸寸斷
而不些時日　你就這樣牽掛地撒手離開了

你知道嗎　後來　媽媽和弟弟
終於想方設法　將孩子接回來了
然而這一年來　依舊無業的他
一直在監護權官司中　用幾近瘋狂的作為
影響法庭的判決與進度　一如他之前的婚暴過往

如果　這段糊塗的情路　一開始能早聽你的勸
也早知道自己無力改變
也許此刻　你還會健健康康地陪著外孫女成長吧
相信你也一定會給她　你曾給我的
最好的疼愛與慈祥
如果　早一點知道的話

從未遭遇失敗的人，無論對自己或對別人，都是一知半解。
　　　　　　　　——彌爾頓

　　／　　　／　　　／

　　　　　　／　　　／　　　／

人只要一鬆懈，就會心生迷惑。
　　　　　　　　——歌德

不值得看兩次的書，也不值得看一次。
——狄更斯

我只知道，假如我去愛人生，那麼人生一定也會回愛我。
——魯賓斯坦

不要期待每個人都能懂你。
　　——夜光家族·Eric Lee

　　　　／　　　／　　　／

　　　　／　　　／　　　／

生活是鍛鍊靈魂的妙方。
　　　　——勃朗寧

手寫心靈·練習幸福

能從夢幻中清醒過來，
是多麼大的幸福啊

能從夢幻中清醒過來，
是多麼大的幸福啊

幸福與災難

初次接觸　為什麼有的人　給人有一種幸福感　如沐春風
有的人卻讓人　退避三舍　彷彿遇到災難
找到自己的排號座號　側身走入自己座位時
發現坐在右側的　是個奶奶和孫子　他們都起身來　方便我通過
而且經過時　奶奶還對我點頭微笑
待我坐定　正不知溼漉漉的大雨傘如何擺放是好　奶奶就貼心地說
沒關係沒關係　橫擺在椅子下面　穿過我們座椅下方沒關係
要不然掛在前座怕影響別人　也怕會滑進縫裡難拿
哇　實在有夠暖心的啦　奶奶　真的不誇張　她的微笑　就是春風
她笑著說　要不是陪孫子來看　她老人家對這種商業片　才沒什麼興趣呢
人擠人　還下大雨　她說
孫子立刻笑說　阿嬤應該常出來走走　看看人也不錯啊
那笑容　很懂事　也很貼心　跟奶奶氣質好像
就在暗場時　我望見從左方穿過重重腿牆
即將入座的　是個爸爸帶個小孩　一身短褲　夾腳拖　和大包小包的
沒想到　一陣混亂騷動　在我左邊座位才就坐
爸爸就開始蹺起左二郎腿　然後　搓腳丫
銀幕上的光影　打在他越搓越起勁的身上
我眼尾餘光　越看越驚嚇　接著　更可怕的是
天啊　味道搓出來了啦　到底是幾天沒洗腳啊
連正前方的人　都察覺似地回側了臉
想看看　這到底是從哪兒傳出來的啥味　我的媽呀　簡直快吐了我
什麼　他居然接著還給我拿出漢堡薯條來吃
吃完再繼續搓　喔　噁不噁心啊　救人喔
要不是他的孩子也在場　我真想直接給他
啊算了　萬一他手搭著我的肩　要跟我談談怎麼辦
就這樣　拉著薄外套護著呼吸的我　坐立難安
整場不知是該看電影好　還是盯著他的舉動　以防還有什麼驚喜　或意外
你說　一場電影　座位兩側　兩種光景
一邊洋溢著芬芳幸福　一邊卻飄著異味災難
銀幕下的精采　是不是也不遑多讓
還笑　我看下次就讓你遇到好了
一個有體貼心和公德心的人　是不是容易讓人有幸福感
請問　和陌生人相逢　你是個散發什麼氣息的人

為什麼我的感覺必須取決於別人腦海中的想法？
　　　　　　　　　　　　——愛默生

一沙一世界，一花一天堂，掌中握無限，剎那即永恆。
　　　　　　　　　　　　——威廉・布萊克

有經驗而無學問勝於有學問而無經驗。
——羅素

痛苦的祕密在於有閒功夫擔心自己是否幸福。
——蕭伯納

/ / /

/ / /

手寫心靈 · 練習幸福

審慎會使人變得安全
但往往不會讓人幸福

審慎會使人變得安全
但往往不會讓人幸福

生肖運勢

如何打動十二生肖的心？

生肖鼠

平時重視生活品味，勇於展現自我的氣質，生肖鼠的男女天生散發著無窮魅力，宛如深受歡迎的卡通人物米老鼠。想要打動鼠兒的心，不妨直接表白，不但成功率高，更有可能閃婚！

生肖牛

生肖牛善於思考，做事態度一板一眼，使他面對愛情時也缺乏浪漫情調，想打動生肖牛的心，舉凡鮮花、燭光晚餐等不一定能擄獲芳心，不妨在生活中製造小驚喜、多關心對方，反而能細水長流，攜手創造相互扶持的戀情。

生肖虎

屬虎的人好勝心強，個性爽朗、熱情，在人群中總是散發獨一無二的魅力，在感情中易處於主導地位，面對愛情抱持尊重、包容與忍耐的態度，若想贏得芳心，與深具活力或個性溫和的人在一起，實在相當速配。

生肖兔

屬兔的人彬彬有禮，溫和親切，面對感情卻容易猶豫不決，反而會錯過機會。想要打動兔子的心，過多的花言巧語只會適得其反，因為兔子嚮往細水長流的感情生活，忠誠度高、心思細膩，一旦認定彼此，便全心奉獻一切。

生肖龍

生肖龍者的生活充滿熱情、活力，喜愛有才華、獨立思考者，面對愛情易處於強勢主導，雖然外在表現得理智堅強，內心卻澎湃不已，若想打動他們的心，千萬別忘了節慶時準備禮物，有助於戀情更加堅定喔！

生肖蛇

屬蛇的人由於個性耿直，不愛依賴對方，樂於付出、犧牲奉獻的態度，在愛情中表露無遺。他們不愛甜言蜜語，但眼光相當高，不僅要打敗群雄，更要與眾不同，做事穩重、喜愛社交者很容易受到青睞，讓戀情更升溫喔！

生肖馬

個性慷慨、精力旺盛、性格衝動的馬兒，異性緣佳，面對愛情敢愛敢恨，一旦投入容易欠缺周詳思考，不過只要發現不對勁便會收手。想追上心儀的馬兒，只要像朋友般各自保有空間，亦享受愛情滋潤的感情生活，便能相處久久喔！

生肖羊

生肖羊給人的感覺是溫柔、體貼，特別受到異性的青睞，在談戀愛時不會給對方壓迫感，就像春天的微風輕輕吹過。如果你心儀的朋友屬羊，就用溫情去感動對方，外在的形式都是次要的，關鍵是要讓對方感受到你的真誠，表露你的愛心。

生肖猴

猴兒性格靈活多變、心思靈敏、愛好自由，面對愛情時亦充滿幽默、搞笑的一面，喜愛追求新鮮感，若心儀對象為屬猴者，可與對方一起完成別具紀念的任務，或出奇不意地給他們驚喜、浪漫，即可抱得愛人歸。

生肖雞

屬雞者不輕易透露心事，認真工作、按部就班的風格，常給人一成不變的印象，他們面對愛情時忠貞不二、容易心軟、富有愛心，若想擄獲生肖屬雞者的芳心，不妨選擇高雅的場所表白，成功追求的機會將加速許多。

生肖狗

生肖屬狗的人，對家人及伴侶相當重感情，習慣當默默付出的幕後推手，比起擁有轟轟烈烈的愛情，更渴望追求淡泊名利的感情世界，想要打動狗兒的芳心，多展現努力、真誠、認真的一面，他們將會死心塌地地投入其中喔！

生肖豬

屬豬的人樸實內斂、心地善良，在感情世界裡常處於被動，行動力不夠，常把想法埋藏心中不輕易說出口，在戀愛中樂當追隨者，想要擄獲芳心，多表現活潑真誠的一面，將可展開新戀情。

英雄的責任

　　二〇一七年八月一號，高雄氣爆的三週年當天，我打了一通電話到高雄前金消防局，找副中隊長余泰運。

　　電話那頭俐落的聲音說他就是，接著他立刻發現，我是在夜光家族 live 播出節目進行中，無預警突襲 call 出去這通電話給他，因為一旁的收音機，正出現了他的聲音！

　　他很驚訝，也很驚喜為什麼我會打給他。

　　當我表明是為了要祝福這位氣爆英雄重返工作崗位一週年時，他竟感動得哭了出來，頓時，我也為鐵漢的真情流露而陪著熱淚盈眶……

　　泰運哥，是我們夜光家族的忠實朋友，也是大家所熟知的高雄氣爆救火英雄！事發當天，他預做了移車、灑水降溫的救災行動，但一個突如其來的瞬間劇烈爆炸，讓他的臉、手、胸，嚴重燒傷！他仍然堅持先協助民眾都送醫，直到自己傷重昏迷，才被緊急送醫。

　　在動了清創植皮、十次大小手術，以及兩年痛苦難耐、漫

長煎熬的復健過程裡，甚至氣爆兩週年，他回到消防工作職場，面對多少媒體訪問，他都不曾在鏡頭前掉過一滴淚，他一直是用平和、勇敢又堅定的真英雄形象，在鏡頭前侃侃而談。

我想那一晚接到我電話，他會如此真情表露，應該像是接到一個最熟悉的老朋友電話，那樣的感動吧！「我真的沒有想到你會打電話給我，給我祝福！」他激動地說。

原來，英雄也是人！一樣需要被安慰、被鼓舞、被祝福！這是一個英雄的柔軟面！而像泰運哥一樣，在任務中負責盡心到最後一刻，那則是一個英雄最剛強、最堅韌的部分！

他說自己受傷時，並不覺得當下自己是個傷患，而仍覺得自己是個消防隊員，有責任在身。

「那萬一當時又再來一個大爆炸、無法有機會死裡逃生呢？」我問。他說沒想那麼多，就是救人為先。

多麼偉大的情操啊！這就是意志堅強的鋼鐵英雄啊！將死生置之度外，一心只為了救人！

但保住性命、最後送醫的英雄，傷病復健卻比其他傷者更加倍艱辛。

帶著壓力頭套外出的他，曾被無數驚恐眼光給刺傷。

而帶著壓力手套、天天復健八小時的折磨，也曾讓他痛不欲生。

那是一個凡人之軀的煎熬！

所以，當我這個老朋友祝福他時，他的苦頓時獲得釋放了。這是我莫大的榮幸！因為，「你的聲音陪著我超過二十年了耶！」他說。

英雄都是讓別人幸福，卻苦了自己。有人說。

是啊！那是一個英雄無法撼動、永不妥協的責任感！

難道在最危險的瞬間，英雄都不會想到自己還有家人嗎？英雄的家也需要完整才會幸福啊！不是嗎？

「我很驕傲，我的爸爸教會了我們什麼是責任感！」

氣爆兩週後，在空中大學頒發畢業證書典禮上，余泰運的兒子幫父親代領證書時，簡單地說出了英雄家人背後的支持與驕傲。他說，爸爸在劇痛昏倒前一直在救人，到了醫院半清醒時，也一直關心其他同仁的受傷狀況如何。兒子言談間盡是心疼與敬佩！

只說這樣？沒別的了嗎？

身為家人，難道不會每天都提心吊膽過日子？難道不會希望他早一點退下來……

我相信當然都會，而且這些內心話，不知折磨了多少英雄背後家人的心！但為什麼最後，仍只提到支持與引以為傲呢？因為他們都知道，在關鍵時刻，英雄的責任感有多強大！他們了解英雄不是不愛家人，只是那一刻，英雄眼中只有責任！所以只有支持！

多麼感人！多麼令人尊敬啊！英雄背後的家人們！

所以請記得，以後向每一位為人民生命安全、生活幸福而出生入死的英雄致敬時，也別忘了對他的家人表達敬意與感謝，因為英雄背後的鋼鐵責任，也都來自家人無盡的煎熬和支持啊！

把別人的幸福當做自己的幸福，
把鮮花奉獻給他人，把棘刺留給自己！
——巴爾德斯

我們不能放棄嘗試，奮鬥是值得的。
——希拉蕊‧柯林頓

生命裡沒有要畏懼的，只有要了解的，
我們應該了解多一些，才能畏懼少一點。
——居里夫人

　　　／　　／　　／

　　　／　　／　　／

少了悲痛，一個人不會覺悟。
——榮格

你真正擁有的其實只有時間，如果你把時間用在投資自己，
得到很棒且能豐富你人生的經驗，你不可能會失去什麼。
　　　　　　　　　　　　　　　　　　——賈伯斯

沒用的人是那些不隨歲月改變的人。
　　　　　　——詹姆斯·巴利

真實的愛是當她離開後你還能愛上別人。
——王爾德

手寫心靈・練習幸福

文明是所有人類
集體種植幸福的結果

文明是所有人類
集體種植幸福的結果

幸福的條件

一個旅行團　來到熱帶島嶼
享受了第一天精采熱鬧的行程
下午三點多的海灘飯店接待大廳
大家等著領隊辦理 check in 入住今晚的房間
有人開心地看著南洋風格的飯店布置
有人忍不住拍著窗外的無敵海景
有人則熱烈討論著待會就衝向海灘　游個爽快
但有人　卻一臉漠然　事不關己地坐在一旁
喔不　應該是看起來更像有人欠她五百萬
只想立刻領了錢就走　因為
這次員工旅遊　她從頭到尾都是反對這個行程
但最後只能少數服從多數

她沒身材穿泳衣　也不會游泳
更重要的是　她超怕熱　最怕晒黑
別人覺得這裡是度假天堂　玩得好幸福
她卻覺得這裡像人間煉獄　一刻都待不住
那她　來這幹嘛呀　到底
沒辦法　放棄員工旅遊　公司不退補助旅費　而且　還要上班

原來　你覺得幸福的條件　並不適合別人
而人有時候　因為不甘心
也會放棄自己的幸福條件　勉強屈就

其實　她可以看開的　上班吹冷氣不好嗎　何苦到此為難自己
當然　她也可以放開　流汗　擁抱海天一色不好嗎　何必緊抱不開心
她的執拗　會讓她錯過一個美麗的夏日情緣
為什麼我知道啊　因為　我是寫故事的人　我是全知的角色
當然我知道　科科
你看　此刻不是有個別團　同樣等 check in
是她的菜的帥哥　遠遠看著她
一直想展現對她的好感　想與她搭訕
但她卻始終一臉大便　臭氣熏天
害他根本不敢靠近啊

人會不勇敢很正常，但哭完還是要繼續加油！
——夜光家族‧Chung Yung

一個人成為他自己了，那就達到了幸福的頂點。
——德西得烏‧伊拉斯謨

真正的幸福來自於全身心的投入到對目標的追求之中。
——威廉・考伯

幸福來自成就感，來自富有創造力的工作。
——富蘭克林・D・羅斯福

手寫心靈・練習幸福

只要有合理的事去做
生活就會顯得特別美好

只要有合理的事去做
生活就會顯得特別美好

留住幸福

他不太常拍照　也從不整理照片
難道不想留住每一刻的幸福時光嗎
留啊　我留在我心底　他說
所以　當身邊許多同事　朋友
為龐大的照片資料　修圖存檔
甚至用好幾個防潮耐撞硬碟備份
而傷盡腦筋時　他完全無動於衷　不受影響

照片沒那麼多　還不整理　很笨耶
將來一定會後悔　許多人好心提醒他
結果
為照片做牛做馬的人
不記得　那次聚餐　誰有到　誰沒到
誰又說了什麼話　點了什麼菜
也想不起來　那次去玩　導遊介紹了什麼故事
或某張照片到底是哪個景點拍的
但這些　他都記得
還說得清清楚楚　栩栩如生

這就是有沒有認真體會當下　用心記住瞬間
或者只是當下專注努力拍照
事後拚命美化瞬間的差別　他說
他寧願把深刻和美好　永遠留在心底
勝過存在電腦裡

原來能留在心裡　帶著走的　才是幸福
照片有時會弱化了人的　記憶力和體會力
讓幸福也變得模糊　就只剩
向人交代　炫耀的精美照片　不是嗎

所以　當你依靠科技便利時
有沒有想過
心　才是留住幸福
最好的底片

要常提醒自己平安就是幸福，沒什麼過不去的。
——夜光家族‧林小如

慈善的行為比金錢更能解除別人的痛苦。
——盧梭

如果你希望別人快樂，那麼請你學會同情。
如果你希望自己快樂，那麼也請你學會同情。
——達賴喇嘛

意志是一個強壯的盲人，倚靠在明眼的跛子肩上。
——叔本華

有兩條路可以得到幸福，即消除欲望和增加財富。
——富蘭克林

心是用來碎的。
——王爾德

手寫心靈‧練習幸福

在 追 求 幸 福 的 過 程 中
免 不 了 要 觸 摸 痛 苦

在 追 求 幸 福 的 過 程 中
免 不 了 要 觸 摸 痛 苦

愛要有你才完美

你說你很笨　不知道如何去愛　所以一次次失敗
恨不得可以全部重新再來
你多想有一段完美的愛　不會有迷惘　不會有傷害
可以愛得輕鬆又自在

我說你很幸福了　可以屢敗屢愛　一次次再站起來
證明你還有能力去愛
沒有一份愛是完全精采　不帶一絲無奈　不染一抹塵埃
因為　溫室裡淬鍊不出　真正的愛

愛　是一首練習曲　曲不高　當然就不會和寡
每個人得而可哼　可唱　可歌　可舞
門檻很低　入門容易
只是　每首愛的練習曲
每次的前奏　主歌　副歌　橋曲和結尾　都不一樣　沒有範本
因為　與你唱和的人　每次都不同
於是　節奏快慢　濃度淡薄　當然也會不同
如何唱　怎麼揮灑　常會顯露出你的自私與盲目
也會窺見你的幼稚與貪圖
你的最好與最壞　你的頹廢與能耐　都是因為愛

雖然你說　你不想再心傷流淚了
不可能　有愛就有喜悲　你也說不想再曲折受苦了
不可能　愛不是高速道路　別再奢望完美的愛了
其實　每段認真愛過的旅程　完整了　也就是完美了
因為　如果沒有你　每段愛的故事　都不會存在
每首愛的練習曲　也永遠只會是清唱著孤單
是你　才讓每段愛　獨一無二
是你　才讓每首練習曲　充滿了愛

所以　要繼續愛　才能成長
要繼續愛　才能成為更懂愛的人
愛　要有你　才是愛
愛　要有你　才有完美的那一天

只要你有一件合理的事去做，你的生活就會顯得特別美好。
——愛因斯坦

/　　/　　/

/　　/　　/

人類幸福的兩大敵人是痛苦和無聊。
——叔本華

從夢幻中清醒過來是多大的幸福呀！
——雨果

審慎會使人安全，但往往不會幸福。
——塞·詹森

所有的傷都需要休息才好得快，外傷、內傷、心傷都一樣！
——夜光家族‧張育嘉

真正的文明是所有人種植幸福的結果。
——幸田露伴

手寫心靈‧練習幸福

我是幸福的　因為
我可以愛　因為我有愛

我是幸福的　因為
我可以愛　因為我有愛

鳳聲歲月行

　　對許多人而言，幾年前因病驟逝的鳳飛飛，是一個跨時代「經典傳奇」巨星，除了因為她輝煌的影視歌成就、風範，曾與土地、人民無比深刻的互動連結之外，我想還有另一個重要的因素，那就是：即使舞臺上鳳飛飛奔放揮灑、親切又自然，但她的行事風格和生活態度卻非常低調自持，在工作之外，她絕少與演藝圈來往，也不曾將自己的生活或交友圈綜藝化。

　　因此，一旦有她任何點滴的消息或演出動態，大家總會瘋狂搜索、緊緊跟隨。因為要知道鳳飛飛的訊息和見到她，是何等不容易啊！

　　就因為這樣一種既親近又遙遠的界線，反而讓鳳飛飛更顯獨特性與傳奇性，尤其對從未經歷「鳳飛飛時代」的年輕朋友而言更是。然而，當我有幸成為鳳姊的朋友，常一起聊天吃飯、激盪生活與工作想法而相熟之後，沒了神祕距離感的鳳姊，卻依舊在我心中充滿了傳奇感和經典性，因為，她是那麼踏實平凡，卻又那麼堅毅非凡。

　　她說自己是個龜毛的人，生活、工作都是。個性不擅，也

不愛交際，所以很難有經常聯絡交心的演藝朋友。會走上演藝路，純粹只因為愛歌唱。歌唱豐富了她與歌迷的人生，也照顧了她的家人，她充滿感恩。至於工作外的五光十色、熱鬧精采，一點都吸引不了她，也改變不了她的個性。為了歌唱，她可以長期飲食忌口、每天再累也要跑步練唱。

也因為歌唱，她生活有了寄託，讓她得以熬過一次次逝去至親的傷痛。她曾提到最後一場演唱會，她想辦在家鄉桃園大溪，開場曲是〈我的愛、我的夢、我的家〉。但她很怕一開口就會淚崩，無法演唱。因為，在她追夢的過程裡，生命中的摯愛一個個離開，一點也無法挽留……

「我不知道還有什麼比歌唱更能帶我穿越苦痛、走到現在。」她說。

我想起有一次討論「就是愛‧鳳飛飛演唱會」曲目時，我問她，如果只能選一首歌代表鳳飛飛的一生，她自己會選哪一首？她猶豫了半晌，一直無法決定。是啊！發行超過八十張唱片、數千首歌，要怎麼選？可能很多人會選〈掌聲響起〉〈我是一片雲〉〈做個快樂歌手〉〈流水年華〉〈追夢人〉或〈奔向彩虹〉……等耳熟能詳的主打旋律。畢竟這些歌都有其時代意義與份量，都足以代表鳳飛飛，但……「你會選哪一首？」鳳姊好奇地反問我。我告訴她是隱身於一九七八年《一顆紅豆》專輯最後的一首小品之作，沒想到她立刻興奮地脫口問說：「是〈菊花〉嗎？我前兩天還找了這首歌來聽呢！」我當時全身像通了電，嚇了一跳。天啊！沒想到她竟還記得這首歌。更感人的是，鳳姊立刻找了歌詞，哼唱起來……

秋風吹起日漸涼　百花失色菊花香
菊花香　菊花黃　不與群芳爭短長
做人要像菊花樣　不畏艱苦莫懷憂傷
有始有終為理想　就像菊花傲秋霜……

　　這首歌的詞曲旋律簡單清雅，卻韻致無窮。鳳飛飛曾多次在當年現場主持的節目上演唱過。我不知當時詞曲作者是否有刻意為她量身訂做，但每次只要聽到鳳姊演唱此曲，我總覺得它的意境完全貼近她的形象……尤其走筆至此，腦中不斷迴盪著鳳姊當晚在電話中輕輕哼唱的歌聲，內心不禁激動起來，眼眶裡頓時一片模糊。

　　因為我想到一個在農曆立秋出生、名字中也帶著秋字的女孩，十五歲便離開家鄉的生命之河，義無反顧地奔赴一生的夢想，唱過一程又一程、一站又一站，四十餘年歌聲裡的溫柔與堅強，早已流過她自己和無數人生命裡的湍流飛瀑，滙聚成河，撫平了歲月的曲折與傷痛、一路前進，從未放棄。這旅程多麼豐盛、動人又意義非凡啊！

　　所以，我想告訴鳳姊：我們仍然很想妳！許多人依舊聽著、唱著妳的歌。謝謝妳給我們一段如歌的歲月，和一個美好的時代！雖然妳來不及在演唱會上，再度重新詮釋〈菊花〉，但妳早已用一生唱出、也做到了妳歌曲中的風範與境界──「做人要像菊花樣　不畏艱苦莫懷憂傷　有始有終為理想　就像菊花傲秋霜」。

　　鳳姊，謝謝妳！

沒有所謂的理所當然，凡事都不是只有一種角度。
——夜光家族・Stella Chang

唯獨革命家，無論他生或死，都能給大家以幸福。
——魯迅

不要向不如你幸福的人説你自己的幸福。
　　　　　　　　——布勞塔奇

自由是上帝賜給人類的最大的幸福之一。
　　　　　　　　——塞萬提斯

人生，幸福不是目的，品德才是準繩。
——比徹

有願望才會幸福。
——席勒

手寫心靈·練習幸福

不要向 不如你 幸福的 人
訴說你 自己 多 幸福

不要 向 不 如 你 幸 福 的 人
訴 說 你 自 己 多 幸 福

還是很幸福

白天　和妹妹一起在她創立的律師事務所工作
從看裝潢施工　網站架設　再到幫忙開幕茶會
能和自己親愛的妹妹　一起打拚　我很幸福
而平日　我和媽媽一起吃飯　散步　運動
並且和外甥　一起打羽毛球　熱鬧互動
享受家人間的親密時光　我很幸福
到了每週末　老公工作回來　我們倆就是神仙眷侶般的假日夫妻
一起吃美食　到處逛　聽夜光　我真的很幸福
朋友們每個人都羨慕　我和家人間的相處
是的　現在真的是我人生最幸福的狀態
但　不幸的事還是來了

突然有一天　媽媽先是背痛　後來髖骨也莫名地痛了起來
去了骨科　復健科　神經外科　也照了核磁共振
折騰了一大圈　開刀後　惡夢仍接踵而來
除了術後復原慢　媽媽常痛到無法入睡
讓我看護得心疼不捨　心力交瘁
她還出現對人事時地混淆　日夜顛倒
以及注意力不集中　產生幻覺的症狀　他們說　這個現象　叫做譫妄
所以　我惶恐　爆哭了好幾回　因為我好怕現在的幸福平衡　將要改變了
突然覺得　幸福是一種動態的平衡
不會一路到永遠　永遠充滿了未知

幸好　一個月後的現在　媽媽回來了
她復原的狀況越來越好　只是鐵衣還要再穿好幾個月
我終於會笑了　我確實體會到　家人都平安健康　才是真幸福
但這只能家人間努力維持　卻永遠無法保證
這是不能抗力的事實

我　還是很幸福的　因為
我決定要在充滿未知變數的動態幸福裡
成為一個堅強的安定力量
讓下一個不幸來臨時
我可以更勇敢地陪著家人一起跨越

只有永遠躺在泥坑裡的人，才不會再掉進坑裡。
——黑格爾

／　　／　　／

／　　／　　／

世上最可貴的是時間，世上最奢靡的是揮霍時光。
——莫札特

書不僅是生活，而且是現在、過去和未來文化生活的源泉。
　　　　　　　　　　　　　　　　　　　　——庫法耶夫

即使你享受幸福，享盡榮華富貴，
要是沒人像你那樣衷心替你高興，怎能有莫大的快樂？
　　　　　　　　　　　　　　　　　　　　——西塞羅

喪失未來的幸福，比喪失已有的幸福更痛苦。
——巴爾扎克

/　　/　　/

/　　/　　/

我的藝術應當只為貧苦的人造福。啊，多麼麼幸福的時刻啊！
當我能接近這地步時，我該多麼幸福啊！
——貝多芬

手寫心靈・練習幸福

人生　　幸福不是目的
德行才是最重要的準繩

人生　　幸福不是目的
德行才是最重要的準繩

再愛我一次

真的不是我愛播情歌
是你愛聽　他愛聽　大家都愛聽
否則　每年出產那麼多情歌做什麼
否則　這應該是個情歌過剩的年代才對呀

那　你又為什麼那麼愛聽情歌　到 KTV 裡　還每點必唱
不是唱得　粉紅泡泡　浪漫亂飄
就是唱得　涕泗縱橫　眼淚狂飆
喔　原來　你就是一首情歌啊　自然會唱得自醉　自虐呀

你以為會和她走進禮堂　但後來　為什麼沒有
即使你認識她那麼久　卻仍有搞不懂她的時候　為什麼
其實妳並不想結婚的　但怎麼還是被他套牢了

你已經把她捧在手心
為什麼　她卻可以說變就變

哎　愛情啊　真的很有故事　也經常發生事故
所以　你才會覺得　每一首歌
都藏著一段　你的愛情故事
記錄著你們當年　愛的軌跡　和大小事故
所以呀　你才會那麼輕易的
在每一首歌裡　再次怦然心動　心痛
再次流淚　再次沉醉
彷彿　你就是主角　你住在那首歌裡

好啦　我知道你今天心裡有事
關於愛的事　你想聽什麼歌　說吧
愛的故事館　門打開了
第一首歌　我已經為你播了
你　準備好　再愛一次了嗎
今天　就放下情人
給自己一夜情歌
專心體會歌裡的真愛與幸福吧

謝謝協志高職導師吳麗姬教官的嚴厲與溫暖，從不放棄學生。
——夜光家族・賴羽嬋

想念屏東女中英文張淑芳老師，她會邊上課邊帶我們有氧舞蹈！
——夜光家族・Sherry Ding

想念元培二技護理科系班導詹淑敏老師，愛妳喔！
——夜光家族·張淑君

/　　/　　/

/　　/　　/

謝謝高中英文老師陳惠美，拯救了我脆弱的心靈，讓我現在也成為老師！
——夜光家族·丁慧美

感謝新竹建功高中張佳蓉老師給予我的一切！
——夜光家族‧陳彥蓉

___/___/___/

手寫心靈‧練習幸福

自 由 是 上 帝 賜 給 人 類
最 大 的 幸 福 之 一

自 由 是 上 帝 賜 給 人 類
最 大 的 幸 福 之 一

幸福能量包

要不是講電話時　爸媽就在旁邊
兩個孩子的媽　三十二歲的我　真的會興奮地大叫出來
她是成功高中音樂老師翁成韻　反覆聽了十次教師節我給她的電話祝福留言她
還是很興奮　她萬萬沒想到聽了十幾年節目　成了老師之後
學生竟會與她分享我　討論我　還安排她和我再次相遇　她很驚訝也很感動
只是後來又錯過幾次 call out 的機會　著實令她扼腕
但沒想到我竟真的鍥而不捨地再度打給她　圓了她的夢　她內心的激動
像被雷打到一樣震撼　因為我是陪她跨越苦澀青春最久的聲音　能量和回憶
她清楚記得九二一地震當晚　是聽完節目才睡的
也因節目中的歌唱比賽　而認識大學學弟蔡旻佑
而當年聽節目的感動到現在依舊未減一分一毫　她謝謝我這些年的堅持努力
成就了她所有的希望與快樂　陪伴了所有的孤單和憂傷
她想起了當年一起瘋狂聽節目　寫信和 call in
現在也是音樂老師的國中同學　林佑珊
她們倆當時來信戲稱自己叫綠油精和白花油二人組　她說白花油最近剛結婚
但父親卻突然病重　很需要被鼓勵　希望我可以打電話給她　於是……

天啊　真的是你耶　電話那頭又一個壓抑激動情緒的音樂老師　優雅地談笑
她說要不是現在在捷運站　她肯定會感動得哭出來
她謝謝我在她幸福和憂傷交錯　瀕臨崩潰的此刻　讓她看到裂縫中的陽光
也讓她充滿了能量　只是爸爸二度插管　器官持續衰竭　她還是很擔心

而在兩週之後　白花油來訊息說　爸爸病況雖然持平　她仍決定取消下個月
計畫了一年多的蜜月旅行　她謝謝老公的支持　讓她可以多陪陪　照顧爸爸
倒是老公抱怨她上次結束電話前　突然對我說光禹我愛你
我故意開玩笑說　那下次妳再多說幾遍　他就習慣了
沒想到她回說　老公說下回他要自己 call in　說他也愛你

親情　友情　愛情　都是我們生活的幸福能量包
裡面裝著滿滿的關懷　諒解　支持和愛　而且　在我們四周　真實地存在
隨時能給我們補充　跨越難關所需的力量　然而　一個存在空氣中的廣播節目
卻有機會也成了你們生命中的幸福能量包　我何其有幸　也深深地感動
謝謝你們　綠油精與白花油
其實　是你們一路為我加油啊

美雀老師，慧娟老師，賴明寶老師，謝謝你們讓我變得更好！
——夜光家族・葉淑卿

/   /   /

/   /   /

蔡嬡姝老師、吳明志老師，祝你們天天教學快樂！
——夜光家族・葉明叡

謝謝民雄農工班導師陳虹如老師，妳是我們的第二個媽媽。
　　——夜光家族・林姿含

感謝新光國小鄭喬雲和亞屏老師的愛與付出。
　　——夜光家族・余文鈞、　余文凱

沒有中職最強DJ劉俊直老師轉播的棒球賽，就像魚少了水一樣。
　　　　　　　　　　　　　　　　　　　　　　——夜光家族‧Ann Lee

　　　／　　／　　／

謝謝稻江護家林素珍老師所教我的一切！
　　　　　　　　　　　　　　　　　　　　　　——夜光家族‧亦儒

手寫心靈‧練習幸福

黑夜無論再怎麼漫長
白晝總會來到面前

黑夜無論再怎麼漫長
白晝總會來到面前

幸福角落

秋日午後　坐在公園一角
享受著和煦暖陽　和搭配得剛好的送爽涼風
忽然覺得忙裡偷閒得對
這真是一段　看見幸福的　小小時光

一個老爺爺扶著復健步道欄杆
緩慢地前進　移動　步伐穩定
和幾個月前只能扶著把手不能動的模樣相比　真的進步很多
一旁一個老奶奶　坐在輪椅上
被葉縫輕透的閃動金光　輕輕撫慰著　好似睡得很香甜
兩家外籍看護　聊得很熱絡
而公園另一側　小朋友快樂地玩著溜滑梯和蹺蹺板
幾個小孩　你一言我一句　就搞得像個菜市場
旁邊小廣場上　還有三個玩遙控飛機的國中生　大聲地對話
公園裡實在好不熱鬧喔
但完全打擾不到奶奶好夢
我想　或許這些歡笑嬉鬧聲
都入了老奶奶的繽紛夢境中吧
正帶著她回到最美好的童年

對了　忘了說遠方小涼亭內　還有人影在晃動
走近一看　原來是兩個房屋仲介公司夥伴
正熱烈討論著工作上的事務　準備待會好好迎接下一個客戶

這些人　這些畫面　既平常又平凡　而且看似不相干
但它們卻可以那麼融合地　同時出現在這公園不同角落
散發著小小的幸福氣息

原來　公園就是
年復一年　日復一日　令人喘不過氣的生活長句裡
寫意自在的逗點　讓人可以暫時停駐
隨意地整理身心　梳理情緒　或片刻休憩
然後　再邁開步伐
再次出發

讓光禹
熟悉的聲音
陪伴你

謝謝高職班導蔡尉宗老師，亦師亦友的付出！
——夜光家族‧高麒沅

感謝文藻蕭怡菁老師，也感謝我的教授老公，教育任重道遠，辛苦了！
——夜光家族‧Jun Jun Lin

想念大學英文老師李慧慈，想妳一切都好！
——夜光家族・吳絲永

祝福強恕中學江春生老師，日日教學快樂！
——夜光家族・陳德威

感謝世新大學蕭宏祺教授正向人生態度的教學熱忱，默默耕耘！
——夜光家族‧鄭棋弟

我想頒給詹德隆老師終身成就獎，謝謝他終其一生的奉獻和付出！
——夜光家族‧Finny Hsu

謝謝李昭賢老師陪伴改變了我放牛班的人生，
換我現在也能陪伴支持我的學生！
——夜光家族‧丁慧汶

手寫心靈‧練習幸福

傷人的並非事件本身
而是我們對事件的看法

傷人的並非事件本身
而是我們對事件的看法

生肖運勢
十二生肖的成功特質

生肖鼠

生肖鼠者做事積極，他們氣質佳、適應力強、頭腦靈活、精明幹練，透過努力及貴人相助，加上個性善良、喜愛助人，只要持之以恆地追求夢想、好運不斷，迎接成功的到來將指日可待。

生肖牛

屬牛的人重信用、做事有條理、動作敏捷伶俐，具有自信心的表現，使他們要步上成功之路可說是手到擒來。加上運勢強，凡事幾乎心想事成，面對未來藍圖清晰，堪稱吉星高照。

生肖虎

凡事不輕易服輸，是屬虎的人冒險勇敢的精神特質，過去無論受到再大的苦痛，他們都會點燃自己那與生俱來的勇氣，隨著時間累積，過去的勇猛精神形成高昂的鬥志，也變得更有耐心，面對未來，昔日不好的運勢終將否極泰來。

生肖兔

吉星高照加上貴人相助，使得很多原本不看好的事，最後皆可迎刃而解，只要善於借力使力、與人合作，很多事情都能依照原訂計畫如期完成，比起一個人單打獨鬥，更容易事半功倍。

生肖龍

今年在職場升遷上，對生肖龍者相當有利，由於有很多貴人相助，尤其是願意提攜後進、真心相待的前輩，屬龍者更不要吝於付出。多抽出時間陪伴家人、多學習與人相處，就總能在最後一刻，得到大家的真誠幫助。

生肖蛇

屬蛇的人將有很棒的職涯舞臺，在事業上有十足的發揮潛力，當工作起步時，宜放慢腳步、多方評估，學習停、看、聽，參考別人意見再做周詳計畫較佳，是宜靜而不宜躁進的潛力年。

生肖馬

屬馬的人交友廣闊，坦率又樂天的人生觀，使他們深得朋友的信賴，遇挫折也會找出原因，再加上領導力強、天分高，若能遇見貴人，無論是升遷、名利、權勢等各方面機會，都將接踵而來。

生肖羊

一整年不停辛苦工作的羊兒，由於工作量大增而接觸不少客戶，荷包滿滿，也拓展不少人脈，整體來說，算是驛馬星動的一年。只要能抓住機會，在朋友的幫忙下，就能藉此提升自身價值。

生肖猴

對活潑好動的猴兒來說，在事業上將有大躍進，一掃過去被抑制、有志難伸的難言之隱。猴兒在情感方面也有新戀情的加持，揮別昔日小姑獨處的寂寞感，在職場或情場皆如魚得水。

生肖雞

一大早聽見公雞的鳴叫聲，代表一天即將開始，雞象徵穩定，在維護秩序、保持和諧方面發揮了穩定的作用，但穩紮穩打、按部就班的做事風格，在事業上也不易突破，若能積極變通、擁抱變化就像活水般自然，離成功便不遠矣！

生肖狗

生肖狗者不管貧窮或富有，都不會過於重視物質生活，因為個性耿直、謙和、友善，幾乎皆與朋友保持歷久彌新的情誼。他們觀察力相當敏銳，又能處變不驚，面對各種突發狀況，深得上司信任，當大好機會降臨，便將脫穎而出。

生肖豬

在多數人的眼裡，大多以為豬容易受騙上當，實際上，生肖豬習慣以忍耐來顧全大局，忠厚老實的背後具有堅定的力量，隨著年底的運勢愈來愈旺，屬豬者即將可發揮所長，擁有十足的舞臺。

圓滿

「今晚實在太開心了！謝震廷和 Julia 都得了獎！哇……好棒喔！」

第二十七屆金曲獎頒獎典禮當晚臺下座位一角，陳國華的聲音透過電話，在我 live 直播的廣播現場中，毫不保留地向大家坦露他的興奮與感動，因為，剛出爐的最佳新人和最佳國語女歌手，都是他生命中很重要的關係人，尤其是 Julia 彭佳慧。但他會主動提到為 Julia 獲獎而開心，倒讓我有些小小的驚訝和意外，因為……

雖然我和國華、佳慧是好朋友，以前每次只要她發片，他總會帶著琴一起來受訪，並為她現場伴奏，我很珍惜這份獨家記錄在夜光家族廣播節目中多年的歌聲「琴」誼，但，對於那時媒體上他們之間的情感分合八卦，我卻從不向他們任何一方，私下或在節目上主動提問，因為有時朋友間，不探不問也是一種關心，而且生命轉折之後總要繼續前進的，不是嗎？所以面對他們的感情，我們三方都技巧性地避而不談，而金曲獎

那晚，我忽然聽見了一道敲門聲⋯⋯

「剛剛她哭著說出得獎感言時，我也聽得很激動！光禹也是佳慧的好朋友，我相信你也應該很激動吧⋯⋯」國華真情流露地說著，也自然道出他對佳慧的祝福。

是啊！在歌壇熬了二十年，那一刻對 Julia 來說當然無比驚喜，也意義非凡，更是何其「圓滿」啊！

其實，彭佳慧一直是個性情中人，即使平時與人互動 EQ 不錯，但遇到生命的糾結煩亂時，她仍保有自己個性上的執拗與堅持，甚至有時還會任性地沉默以對，然後⋯⋯選擇再繼續固執。

不過今年金曲獎來臨之前，已是三個孩子母親的彭佳慧終於與多年關係冷淡的媽媽深深地擁抱、從心對話，並由衷地感謝。而領獎後，她也向記者透露國華有在後臺向她恭喜道賀、還誇讚她很棒。她說這份鼓勵對她而言很重要！因為過去在情人兼事業夥伴關係時，國華都不曾如此輕易地誇獎她、肯定她！她開玩笑地向媒體說：「舊情人相逢，我哪有什麼好尷尬的，又不是我對不起他⋯⋯哈哈！」

這⋯⋯若不是他們雙方都早已放下、釋然的話，又怎麼能如此輕鬆以對、坦然恭賀呢？

在各自婚嫁多年、家庭事業各自順遂、幸福之時，他們給了彼此、過往和現在，一個大大的擁抱和一份溫暖的鼓勵！這真的很圓滿，不是嗎？但也很不容易啊！那需要多少時間的成長，需要多少智慧的鍛鍊，更重要的是，他們一定還要一直常

保心中有愛……

我忽然想起十多年前，我曾在國華力邀下，為當年還是BMG 唱片旗下歌手的彭佳慧，填了一首詞。國華說歌曲旋律是他和 Julia 上我節目多年的深刻感受，他希望一定要由我來完成，於是，我寫下了這首〈愛讓我勇敢做夢〉。

〈愛讓我勇敢做夢〉　曲：陳國華　詞：光禹

點亮燭火　回憶輕晃動　這一刻太多感受
迎過風雨　看過彩虹　親愛的　現在你還好嗎
堅定的愛　堅持的夢　怎麼會　任性放手
流過的淚　傷過的痛　原來都可以看透
喔～
年輕的愛　像首輕狂的歌　將最初和最美淹沒
忍不住自私　忍不住貪圖　忍不住迷失自我
微亮的窗口　我看見寬容　謝謝你讓我不同
愛常在心頭　愛讓我成熟　愛讓我勇敢做夢

下筆為序的此刻，聽著這首歌、看著詞，忽然萬般感觸湧上心間！身體彷彿通了電般震撼。原來這首歌，不只見證了當年我們三個人的友誼，更預言了十多年後，我們都學會了寬容，繼續愛著、繼續勇敢地做夢……

多麼神奇，也多麼感人啊！這個世界上，愛，的確最偉大！愛，總能讓任何傷口撫平，愛也讓我們更臻圓融，愛讓我們感恩過往，也讓我們看見希望。

才華讓你贏得比賽，團隊及智慧讓你贏得冠軍。
　　　　　　　　　　　　——麥可‧喬丹

在任何時刻我們都有兩個選擇：往前走向成長，或退後走向安全。
　　　　　　　　　　　　——馬斯洛

當全世界都安靜時，即使只是一個聲音也很有力量。
—— 馬拉拉

永遠做對的事，這將滿足一些人，其他人則將感到驚奇。
—— 馬克・吐溫

／　　／　　／

／　　／　　／

先說你要成為什麼樣的人，接著做你必須做的事。
——愛比克泰德

手寫心靈‧練習幸福

過 去 成 虛 幻　　未 來 尚 是

夢 想.　把 握 現 在 最 重 要

過 去 成 虛 幻　　未 來 尚 是

夢 想.　把 握 現 在 最 重 要

因為有你

一個做了超過二十年的廣播節目
成了許多人　夜夜發現幸福的園地
我想　這是我今生　最大的福氣
雖然　我一直很執著　很努力
但若沒有你們一直給力　我不會一路走到這裡
更不會見證到這世間　最美麗的人情風景
這一切　都因為有你

二〇一六年　守夜人樂團發行第一張專輯前　希望我能為他們寫首歌詞
因為　在他們心目中　我是個最盡責的守夜人
於是　我想到了你們　想到了這二十多年來的過去
所以　這首歌詞　也是因為有你

〈愛麗絲晚安〉　曲：守夜人　詞：光禹

看流星　劃過天邊　找尋夢的起點
億萬光年的疲憊　就為了愛的許願
妳卻緊抱傷悲　不想睡
更不想　被看見

陪星月　登上山巔　守護夜的靜美
乘著風　悠遊林間　感受　愛的撫慰
別再苦惱追悔　要面對
有愛的　新世界

Alice good night good night
迷霧漆黑　我會陪妳穿越
Alice good night good night
把希望拼圖　一片片找回
別再怕　星移物換　昨是今非　我在你身邊
Alice good night 我就在身邊

謝謝你們二十多年來　美好的存在和陪伴
一起來聽聽這首歌　唱唱這首歌吧

意志命運往往背道而馳，決心到最後會全部推倒。
——莎士比亞

能忍受自己的人才能享受空閒。
——葛瑞伯

大家都是彼此的老師和學生，所以每天在夜光家族教學相長！
——夜光家族‧Claire Chiang

容易發怒，是品格上最為顯著的弱點。
——但丁

想不付出任何代價而得到幸福，那是神話。
——徐特立

    ／   ／   ／

    ／   ／   ／

每個人都知道，把語言化為行動，比把行動化為語言困難得多。
——高爾基

傻子自以為聰明，但聰明人知道他自己是個傻子。
——莎士比亞

手寫心靈・練習幸福

人無分貴賤　只要家有
和平　　便是最幸福的

人無分貴賤　只要家有
和平　　便是最幸福的

正能量來源

妳說　人生竟如此無奈　在遇到所愛的人時
妳卻得了癌症
而妳也積極接受化療　期待自己可以重生
然而　三次化療用藥　卻制不了癌細胞　於是　妳開始失落了
就在大家不斷鼓勵你　撐下去時
正能量女王出現了

她說　八年來　她連續得過三個癌症
開過兩次刀　六次化療　三十次放療
最近一次　是去年的腎臟癌　現在都控制得不錯
所以　她要妳千萬不要放棄
因為癌細胞就怕妳的毅力
並且提醒你　心痊癒了　病痛才會真正地痊癒

可是正能量女王
難道沒有負能量的時候嗎
有　當然有　尤其是當她所愛的家人
有事忙　無法陪她面對難關時
但　她用了方法
召喚了源源不絕　滿滿的正能量

她追星　狂愛歐巴張東健
她學琴　日日與大提琴對話
她愛朋友　友誼給了她家人不能給的力量
現在　她聽夜光家族　夜夜與許多人心靈交流
還答應家族朋友　會邀大家一起來聽
年底的大提琴成果發表
她說　她不是自己一個人活
她每天都活得很有夢

原來　這就是她的正能量來源
夢幻激情　夢想學習　正向友誼　寄託心靈
那妳呢　妳的正能量來源呢
加油　至少我們夜夜都會在這裡陪

凡事都應該弄得越簡單越好，但是別把它簡化了。
　　　　　　　　　　　　——愛因斯坦

應當在朋友正是困難的時候給予幫助，
不可在事情無望之後再說閒話。
　　　　　　　——伊索

人真正的完美不在於他擁有什麼，而在於他是什麼。
──王爾德

/ / /

/ / /

求人幫助的時候，求窮人比求富人容易。
──契訶夫

沉默較之言不由衷的話更有益於社交。
——蒙田

對人不尊敬，首先就是對自己的不尊敬。
——惠特曼

手寫心靈・練習幸福

真實認識到人生價值時
才能體會到真正的幸福

真實認識到人生價值時
才能體會到真正的幸福

要抓重點

一串快要過熟　滿布大黑點的香蕉
和一串剛好熟度的新鮮香蕉　你要從哪一串開始吃起
這是個生活中很常出現類似狀況的問題
值得來討論一下　答案是開放的

若因節儉　先從過熟的香蕉吃起
你可能那陣子都在追著吃過期的軟爛香蕉　無法吃到新鮮的
如果先吃另一串　你會先吃到幾天的　新鮮香蕉
但過熟的那串香蕉　之後應該就會丟掉　不能吃了
這果斷的想法雖不錯　不會全盤都輸
但總覺得還是有點浪費食物
是你　會選哪一個做法
這是考驗你抓事情重點　決定取捨的機會

那可以趕快把新鮮香蕉分享給別人一起吃啊　壓力就不會那麼大
或者　從新鮮的香蕉開始吃起
然後　把過熟的香蕉　先冷凍起來
之後做飯後甜點香蕉冰棒　吃起來就不會那麼軟爛
就不用丟掉　浪費食物啦
或者

太棒了　當開始思考處理事情的可能與得失
就是開始尋找問題的重點
像這例子　就在如何吃得新鮮　又不浪費食物

那何必弄來那麼多香蕉　造成困擾
沒錯　這又是一個重點
事情未發生前　就應避免問題產生　才是上策
但　有人送了　或不知情家人又多買了香蕉
問題就已存在時　能不能抓事情重點　處理
就會導致不同結果

利用生活小事　訓練自己的邏輯
掌握重點　取捨的能力吧

最困難的職業就是怎樣為人。
——荷塞·馬蒂

／　　／　　／

／　　／　　／

生活就像海洋，只有意志堅強的人，才能到達彼岸。
——馬克思

社會猶如一條船，每個人都要有掌舵的準備。
——易卜生

判斷一個人，
不是根據他自己的表白或對自己的看法，而是根據他的行動。
——列寧

一個人應養成信賴自己的習慣，
即使在最危急的時候，也要相信自己的勇敢與毅力。
——拿破崙

手寫心靈‧練習幸福

真正的愛是在放棄個人
的幸福後才能產生

真正的愛是在放棄個人
的幸福後才能產生

257

幽幽果香情

　　每回一開箱，幽淡的果香總立刻迎面撲來，有時是水蜜桃，有時是蜜李。即使像梨子這類沒有香氣的水果，只要看到果盒內整齊排列、甚至還帶著綠葉枝椏的可口模樣，仍教我心中不由自主地漾出濃濃人情香和思念。

　　「這次的世紀梨，雖然外表沒那麼漂亮，但仍然很鮮甜多汁！」

　　回家拆箱時，看著字條上寫著張媽媽的貼心留言，我仍像第一次收到時的感動。

　　我已記不得，這是第幾次收到雨生家梨山果園直送而來的情意。

　　雨生車禍過世那年，我與張伯伯、張媽媽成了無話不談的忘年莫逆。雖然知道他們都很樂觀堅強，但我真的沒把握他們能多快重拾生活步調、遠離憂傷。

　　然而冬天一過，收到第一個從梨山「快遞」而來的果盒時，我的心情很是激動，立刻打給張伯伯說：「一看就是現摘

的！怎麼那麼麻煩！還親自開車運來臺北，聽說載了一整車來發……」

「沒什麼！一點都不麻煩！老人家當做運動嘛！謝謝你們對小寶生前的愛護與照顧……」雖然張伯伯輕鬆地說著，並繼續分享採收分箱的辛苦流程，但電話這頭的我，卻早已熱淚盈眶了。因為……多麼值得感恩啊！他們這麼快就回到日出而作，日落而息的大自然山林規律中，同時也比過去更加寄情於果園農作。

「梨山空氣好，果樹清香，每天去果園晒晒太陽、勞動勞動，再不好的心情也會過去的！」張伯伯溫暖的聲音才說完，接過電話的張媽媽一聊起雨生，沒兩句就哭了。是啊！喪子之慟那能說停就停，再樂觀的人，也只是忙於生活、暫時不去碰觸心傷而已。

「臺北工作壓力那麼大，一定要抽個空，來這裡度個假吧！帶爸媽一起來，我們這裡也弄了民宿，很舒服的……」每次通電話時，他們都會對我這「超級宅男」這般盛情地邀約。我雖然很感動、也一直很想去拜訪他們，但這麼多年來，竟沒一次確實成行，只有一次差點動身前往，因為，報載驚傳張伯伯罹癌、接受化療……

「沒事沒事！你不必特地來，我很好！醫生說他從沒看過復原狀況那麼好的病人。他給我一百分……所以，不用擔心，

但還是歡迎你放假來這裡住住，真的很不錯……」

　　張伯伯在電話裡中氣十足地對我說。他說他已可以到果園動一動了，一點都不會有問題的。

　　就這樣，多年來每隔一段時間（最多半年），我總會收到新鮮直送的水果禮盒，從不間斷。即使隔年張伯伯病情突然急轉直下、驟然離世後亦然。「雖然他走得很倉促，但他很有福報，因為大家都給他力量……」

　　張媽媽電話中心痛欲絕地說著並感謝著。而我淚流滿面，不知怎麼安慰她，只能一直請她好好保重。

　　其實認真說來，不是大家都給張伯伯、雨生家人力量，真的不是！是他們自己給自己力量的。

　　因為，再苦、再無常的歲月裡，他們都記得繼續前進，不曾停在傷心點，因為他們知道，自己仍有能力給所愛的人美好，於是土地也給他們源源不絕的力量，讓他們能一直分享著辛勤栽種一山的甜美。

　　「來吧！不必帶什麼大包小包的行李，只要人來！我陪你一起到梨山附近繞繞走走……」

　　深夜吃著才削好清甜的梨，我想著雨生家人這麼多年來綿長的情意，耳邊彷彿還聽見張伯伯慈祥聲音仍不斷說著，再也不可能成真的殷切邀請。突然，眼前湧起一片思念的汪洋與愧疚，視線越來越模糊……

一個有堅強心志的人，
財產可以被人掠奪，勇氣卻不會被人剝奪的。
——雨果

嚴肅的人的幸福，並不在於風流、娛樂與歡笑這種種輕佻的伴侶，
而在於堅忍與剛毅。
——西塞羅

過去經歷的種種，都在提醒我知足常樂的重要。
——夜光家族・宋佩玟

/ / /

/ / /

人之所以犯錯，
不是因為他們不懂，而是因為自以為什麼都懂。
——盧梭

你想成為幸福的人嗎？但願你首先學會吃得起苦。
——屠格涅夫

一個人的價值，應該看他貢獻什麼，而不是取得什麼。
——愛因斯坦

手寫心靈・練習幸福

幸	福	是	債	主	借	一	刻	歡	悅
卻	叫	你	付	上	一	船	不	幸	
幸	福	是	債	主	借	一	刻	歡	悅
卻	叫	你	付	上	一	船	不	幸	

修煉愛情

不要羨慕別人的愛情　一拍即合　平平順順
也不必怨嘆自己的情路　命運多舛　坎坎坷坷
因為未來會如何　沒有人會曉得
現在的順與不順　都不是永遠　只有一路前行　一路修煉
她們的條件都很好　女神級來著的雙胞胎
個性也好得如春風　如細雨　著實都令人想一親芳澤
所以學生時代　她們身邊總是　追求不斷　天天都被粉紅泡泡包圍
尤其　姊姊的情感　一個接著一個　從沒間斷
其實　她也不願意　只是她遇到的人
最後都令她傷心　但愛卻前仆後繼地來
反觀妹妹　十七歲交了第一個男友
就一路走進結婚禮堂　在她二十七歲那年
現在她們都三十七歲了　姊姊剛結束了七年的婚姻
簽完字的那一晚　她抱著剛上小學的女兒　和自己的妹妹痛哭
因為她不知道渣男背叛的戲碼　為何會一再出現在她生命中
但幸好小三即將臨盆　她保有了孩子
她希望從此母女兩人　可以一路平安幸福
喔不　應該說　她希望姊妹和女兒三人　從此都不要再有痛苦
因為　去年一場意外的車禍
奪走了妹妹半輩子的摯愛　和令人羨慕的美滿生活
一年了　她一直沒有從憂傷走出來
她多麼希望她能有個孩子　讓她延續對另一半　永不止息的愛與思念
但之前那麼多年　總是事與願違
然而現在　她有了寄託和希望　她決定未來不管有什麼緣會
她一定會和姊姊　一起把孩子照顧長大
陪她找到　擁抱　屬於自己的幸福
一直走　才有路　繼續付出　才有愛
然而愛情的修煉　永遠離不開命運和生活
有人說　人生像一盒巧克力　你不會知道下一顆　是什麼口味
是啊　那麼愛呢　愛像什麼　我覺得愛像堅果　包著硬硬的殼
總要想方法去掉一層堅硬　才能享用它的開心和豐美
所以包著果仁的巧克力　真是絕配極品美味
愛不就是這般口感與滋味　只是修煉愛情　修煉人生
你得必備一口好牙　否則當愛情來的時候　你就只能聞香興嘆了

人愛和愛人是同樣的幸福，
而且一旦得到它，就夠受用一輩子。
——托爾斯泰

成功是優點的發揮、失敗是缺點的累積。
——證嚴法師

過於求速是做事上最大的危險之一。
　　　　　　　　——培根

　　　／　　　／　　　／

　　　／　　　／　　　／

沒了正義，勇氣便軟弱無力。
　　　　　　　　——富蘭克林

旅行是幸福的，因為不再有人與你比較財力與能力。
——夜光家族‧邱聰展

/   /   /

/   /   /

走你的路吧！不必理會別人怎麼說。
——但丁

受苦的人，沒有悲觀的權利。
　　　　　　——尼采

手寫心靈‧練習幸福

多體貼別人的不幸
真心分享自己的幸福

多體貼別人的不幸
真心分享自己的幸福

銀髮奇緣

茫茫人海中　會遇見誰　錯過誰　我們常渾然不知　也無力決定
只能等待　珍惜緣分的熟成與到來

七十六年前　她們倆都出生在天津　只是不同家庭　不曾相識
但她們同樣愛唱歌　飲同一條河水　也吃同樣的窩窩頭　一起成長
奇妙的是　她們同一年到了臺灣　後來　也在相同的一年結婚
而且再後來　她們每週還到同一個教會做禮拜
而更妙的是　她們竟然還一起聽著她們所愛的夜光家族多年　還 call in 多次
卻完全不知道　她們有著運命歷程相同的人生
天啊　會不會太神奇　太巧合啦　但　會不會又錯過了啊
終於　就在她們各自在節目中多唱了幾次歌　也多介紹了自己之後
這段奇妙的緣會　才接了起來　通了電　讓大家無比驚嘆

從此　她們經常電話聊天　也會一起出去走走
而且之後　她們在夜光家族的歌唱表演　也合體了
她們勤於　挑歌　練歌　找回了許多成長的共同記憶和旋律
更分享了彼此生活和生命的點滴　像失散多年姊妹般體己
她們彼此相互鼓勵打氣　希望每天可以更健康　更快樂
還希望她們可以唱遍　最想唱　最好聽的歌
所以　每次當她們一起唱歌時　我都很感動
想想　兩位七十六歲　擁有那麼多共同緣分的奶奶
浮生若夢般地相逢在夜光家族裡　終能相知於心　相伴前行
她們唱的　不就是如歌的歲月　不就是人生
而且　更是在禮讚這段銀髮奇緣的深刻共鳴
此情此景　怎不教人感動　教人珍惜

我快看不見了　但我卻　用聽的　用唱的　找到了荷花奶奶
謝謝夜光家族　讓我在看過千帆　越過萬水後的人生時光
擁有了這份幸運與幸福　燃奶奶說

直到不得不堅強，才會知道自己有多堅強。
——夜光家族・Dan Huang

幸福不是一切，人還有責任。
——卡繆

一旦我和敵人交上了朋友，也就擊敗了敵人。
——林肯

/   /   /

/   /   /

先相信你自己，然後別人才會相信你。
——屠格涅夫

忽視今天的人將被明天忽視。
——歌德

知足的人，永遠不會窮；不知足的人，永遠不會富。
——愛彌兒

手寫心靈・練習幸福

容易忘記不幸是讓自己
變得更幸福的一大法寶

容易忘記不幸是讓自己
變得更幸福的一大法寶

幸福公車

這樣做　看了心情會比較舒服　是不是
要不然　每天會被乘客氣死
帶著墨鏡的他　酷酷的　說著說著　就露出一絲笑容

他是位公車司機
我想　不管有沒有轉換路線　他每天應該都是固定開著這輛公車
在大臺北地區　執行溫馨接送情
只是乘客很不溫馨　常會把他氣個半死
所以　他把這輛車布置得萌萌的　熱鬧繽紛
看了就很療癒　心情真的很好　如他說的一樣

你想得到的　各種超卡哇伊的電影動漫公仔　布偶　吊飾
全都整齊羅列在前半車廂　兩側的窗稜上　排排站著　排排掛著
有小小兵　泰迪熊　限量海賊王　神奇寶貝系列
更有一組　絕版的　統一踢踏公仔
甚至連他的駕駛座艙　也有米菲兔　大眼蛙　頑皮豹　粉紅豬
和 Hello Kitty 陪伴著他
方向盤　擋風玻璃前　還請了一列 Q 版媽祖　土地公等神明　保佑著他

這些也是要賣的嗎
沒有啦　花了好多時間和金錢收集來的
真的純粹是為了讓自己和乘客　看了心情開心而已　他說
突然　我覺得真是不好意思
從後門一上車　我就只專心想著要把
剛剛冒出來的靈感想法　快快寫下來而已
直到要下車　聽到　乘客與他的對話
我才仔細端詳這個特別車廂內的種種
差一點　就錯過他的幸福美意了

生活中的粗魯應對　粗心面對
常會讓人不開心　也錯失很多幸福的機會和體會
這一小段幸福公車的緣會　我記下來了
謝謝你　蘇榮輝
期待下次有緣　幸福再相會

家是世上唯一隱藏人類缺點和失敗的地方，
同時也蘊藏著甜蜜與愛。
——蕭伯納

最困難的時候，也就是我們離成功不遠的地方。
——拿破崙

我喜歡低調，因為我想平凡做自己。
——夜光家族‧林志弘

/ / /

/ / /

無論多麼不重要的一件事，只要樂在其中，都會獲益無窮。
——達爾文

黑夜無論怎樣漫長，白晝總會到來。
——莎士比亞

/　　/　　/

/　　/　　/

傷人的並非事件本身，而是我們對事件的看法。
——蒙田

手寫心靈・練習幸福

一個人激情與理想越多
越有可能幸福

一個人激情與理想越多
越有可能幸福

希望你幸福

不是抗癌的人　才需要被鼓勵
陪伴照顧他的家人和朋友　更需要給力
因為
這是場　異常煎熬的比賽
比的是體力　意志力　和情緒力
對病人和照顧陪伴者都是
體力　意志力不夠
比賽往往提早結束
而情緒力控制不夠　更是種無邊無際的折磨
負能量恣意竄流　出沒
摧枯拉朽著彼此已疲憊　孱弱不堪的身心和愛

為什麼當初在知道她一定會走上這段路時
你仍然義無反顧地緊緊跟隨　攜手同行
是一往情深　是道義責任
抑或是堅信自己　一定勝天的真誠
都有吧　我想
但也許　就算是最後一哩路
你也要陪她　給她　一段滿滿的幸福
才是你一直沒有說出口的　真摯情意和體悟吧

你近來好嗎
我們留住了她感恩　勇敢的聲音
也見證了你們　不離不棄的愛
但很怕　一路看似表現平靜　勇於承擔的你
其實是還沒有從她的離開　走出來
你給她的幸福　永恆了
而屬於你現在的幸福
是不是也該啟程了
因為現在
換她希望你幸福了

意志永不屈服的人，沒有所謂失敗。
——俾斯麥

慈悲沒有敵人，智慧不起煩惱。
——聖嚴法師

想像力比知識更為重要。
　　——愛因斯坦

／　　／　　／

　　　　　　　　　　　　　　／　　／　　／

當你把所有的錯誤都關在門外，真理也就被拒絕了。
　　——泰戈爾

手寫心靈・練習幸福

為了要活得幸福　我們
應該相信幸福的可能

為了要活得幸福　我們
應該相信幸福的可能

生肖運勢
十二生肖的金錢觀

生肖鼠

屬鼠的人事業運及運勢都很旺，天生勤儉、工作認真，不過因個性保守，不輕易投入資金，大多屬精打細算、聰明消費的類型，情願選擇保守的理財方式如儲蓄，追求利息收入。

生肖牛

堅守多年媳婦熬成婆的做事原則，經過長時間厚植實力，掙錢能力相當出色，在專業領域深耕多年，從此成為雄霸一方的佼佼者。由於他們無時無刻為荷包打拚，加上今年財運相當旺，可說是財運亨通。

生肖虎

屬虎的人個性大而化之、不愛計較，對金錢看得並不重，只要有人提供資訊，便可能會把閒置資金投入股票市場。知足感恩、隨遇而安的財富態度，使生肖虎者在事業上多逢貴人，除了正財以外，偏財運也很旺喔！

生肖兔

個性保守，對金錢開銷大多抱持理性的態度，不會一直花力氣忙著賺錢，屬於務實、風險承受度低的理財性格。屬兔者面對財運仍應謹慎樂觀，尤其是大額支出，更應多方評估較佳。

生肖龍

堅守「雞蛋不能放在同一個籃子裡」的原則，善於交際、懂得隱忍，在應對進退之間總是拿捏得宜，在生意往來上相當靈活聰明。面對市場，勇於進場投資，風險意識高，當局勢丕變也毫不留戀，賺錢能力相當強。

生肖蛇

在生活及工作上總是親力親為，對金錢的控制欲強，雖然運勢旺，卻不敢在投資上大膽布局，因個性多疑，情願凡事自己一肩扛起，每一分錢都掙得辛苦，容易出現過於勞累的情況，要小心別因小失大。

生肖馬

雖有理財及風險意識，具有積極且正確的金錢觀念，不過，行動上卻小心翼翼，財運宛如水管被淤堵，造成有才華卻無法發揮的局面。不妨多利用時間行善、布施，面對風險過高的投資布局，還是敬謝不敏，自然能增強財運。

生肖羊

對於財富的風險意識高，並不會過於奢侈，也不會衝動地購物消費，面對美麗的外型包裝和誘人的廣告詞也不為所動，在個人及家庭開支方面也能花在刀口上，是屬於老實存錢買保險的保守理財族。

生肖猴

猴子機警又靈活的俏皮個性，通常不會滿足於現狀，只要有新推出的理財商品，或是聽說哪兒有錢賺，他們就像是好奇寶寶般，投入大量心血努力鑽研，創業亦然，通常不會把困難或障礙放在嘴邊，眼前只有目標，賺錢能力相當多元。

生肖雞

今年為本命年，「一進一出，財來財去」，這話對生肖雞者來說，一點兒都不為過。必須小心投資，面對金融市場不宜大膽躁進，否則很容易破財，總而言之，做好財務規畫才是當務之急。

生肖狗

屬狗的人對同事或朋友都真心相待，不過，面對生意往來時，常有擇善固執的堅持，個性不敢在事業上大展身手，財運普通。平時若想避免貪小便宜，就及早做好收支規畫，才能彌補對金錢不太敏感的弱點。

生肖豬

屬豬的人懂得裝傻，在商場上如魚得水。由於善交際加上聰明、反應快，因此朋友眾多，再加上對賺錢有旺盛的企圖心，一有任何致富的機會總是躍躍欲試，以賺錢能力來說，實屬佼佼者呢！

都因為態度

　　當螢幕上徐太宇（王大陸飾）對著大海，向意外過世的摯友吼出滿滿的思念和虧欠，並遙敬他一杯時，我再也忍不住地熱淚盈眶。

　　青春年少的懵懂衝動、矜持或奔放，常交會著再也回不去的錯過與悔恨。於是我們都會偽裝自己，甚至跳接記憶，只為了不想讓別人看見我們心底的脆弱⋯⋯

　　這是我看電影《我的少女時代》時的真實感受。沒想到一個看似談少女林真心（宋芸樺飾）的成長故事，竟能給不是少女的人那麼大的衝擊和感動，我想應該是我們都曾那樣走過年輕吧！

　　然而，當我看電影《破風》時，我又再度為充滿熱血的勵志劇情深深著迷。不只是因為電影畫面裡，高難度單車競逐的速度感令人屏息，也因為彭于晏、崔始源、竇驍的演出很吸睛，更因為我超級喜歡騎單車。只不過，我完全沒經歷過單車手的

生涯，哪來如此感同身受的澎湃與喜愛？

　　有一位夜光家族的朋友常打電話來對談，每次口中盡是他對哪些歌手、球星和演員有多熱愛、作品事跡皆如數家珍，但說到自己卻無比貧乏、無可奉告。他三十幾歲了，不想工作、不善交際、又不愛被約束，所以他一直過著在農會產銷班打零工、每月只賺兩千多元（常需跟爸媽拿錢買演唱會門票）的悠閒日子。

　　想創業嗎？沒錢。想真正幫家人務農嗎？不想。那想找正式工作嗎？沒有……我聽得下巴差點掉下來，即使花了半個小時苦口勸說，「要努力跨出第一步，人生才會精采」等等……他卻說：「我只想每天聽廣播、聽歌、看電影、參加活動和看棒球就好了！啊對！你什麼時候要再訪問×××？」這……

　　我不知道他若去看《破風》和《我的少女時代》，會不會得到什麼啟示。他會看到「就算經歷跌跌撞撞、迷迷糊糊的過程，只要一直保持勇敢向前、永不放棄，每個少男少女和每個不同屬性的運動員，一定都會找到生命的方向與可以發揮的舞臺」嗎？

　　我想他不會！因為在他眼中，別人的人生，永遠比自己的重要。他只會說誰誰誰在片中好可愛、好好笑、好帥、好厲害。其他啟發了什麼、體會了什麼，一點都不重要。

　　有人說青春就是一種找自己的過程。我完全同意。這兩部不同時代背景、不同題材的青春片之所以都能那麼動人，應該

是都因為這兩部片拍出了年輕人的態度——認真的態度。認真地心痛、認真地叛逆、認真地找自己；也認真地懊悔、認真地體會、認真地超越自己。

　　所以……平常除了多進戲院去看看很棒的故事，豐富你的人生之外，我也想問問：你的人生目標是什麼？你最大的優點是什麼？你怎麼看待失敗？你又怎麼面對遺憾？因為，你很重要。或許你的生命節奏不夠快，或許你的才能很平庸，但那就是你，沒有關係！只是永遠都別忘記，要活出自己的態度，走出我們自己的步伐。

　　每個人都在主演著自己的電影啊！要多愛自己、為自己加油啊！

讓我們陷入困境的不是無知，而是看似正確的謬誤論斷。
——馬克‧吐溫

知足是天然的財富，奢侈是人為的貧窮。
——蘇格拉底

屋寬不如心寬。
——證嚴法師

／　　／　　／

／　　／　　／

自己過得很好，氣死放手的人，是不是好棒棒？
——夜光家族・Lisa Tsai

思念某人，最糟糕的莫過於，
你坐在他身旁，卻知道自己永遠都無法擁有此人。
——莎士比亞

怎樣思想，就有怎樣的生活。
——愛默生

手寫心靈・練習幸福

工作是人生的價值與
歡樂　　也是幸福之所在

工作是人生的價值與
歡樂　　也是幸福之所在

冬日醉暖歌

又想和你一起聽聽歌了
愛聽歌的人是幸福的
因為可以把風霜雨露　四季更迭　暫時關在心房外
認真享受與心對話　與歌對話的時刻

每年冬季來臨前
總會聽聞天氣預報
今年是冷冬或暖冬　聖嬰或反聖嬰
大家都懼怕地球持續暖化
極端氣候發威
然而　諷刺的是
當地球越暖化　人心卻越急凍化
人與人之間　每況愈下　越見冷漠
即使偶有暖男來救世
也難挽狂瀾　無力回天

但各位苦主　切莫感慨　切莫傷悲
只要常與音樂相處　寒冬也會變春天
君不見歌海裡有許多暖歌　它們都像一部部發電機
一年四季　只要你對人情冷暖
有任何發寒　畏冷　剉咧等的症頭
來上幾首　肯定曲到病除
通體舒暢　天然的尚好
哈哈哈　真的啦

所以　在這個時節　別忘了
湯圓　暖胃　添新歲
好歌　暖心　慰真情
寒冬聽暖歌　肯定絕配

來吧　第一首歌我已經為你播了
第一顆湯圓　總該分我吃吧
啊
嘴巴張大等著呢

若真心助人，自己也必定會獲得他人的幫助。
這是人生最美的報酬。
——愛默生

誰若遊戲人生，他就一事無成；
誰不主宰自己，永遠是一個奴隸。
——歌德

有做才可能成功，
什麼都不做，完全不可能成功。
——夜光家族・林良泰

對於平凡人來說，平凡就是幸福。
——尼采

快樂沒有本來就是壞的，
但是有些快樂的產生者卻帶來了比快樂大許多倍的煩擾。
——伊比鳩魯

美好的肉體是為了享樂，美好的靈魂是為了痛苦。
——王爾德

／　／　／

手寫心靈・練習幸福

任 何 幸 福 的 首 要 條 件

都 在 於 健 康 的 身 心

任 何 幸 福 的 首 要 條 件

都 在 於 健 康 的 身 心

多學多幸福

當別人深怕自己學會太多事　責任就多
而總在職場表現出事不關己　能力很差的態度時
她卻總是欣然接受臨危受命　任勞任怨地加班　邊做邊學
大家都在背後說她想求表現　想當主管想瘋了
然而這種閒言閒語　卻阻止不了她的工作熱忱　與學習動力
於是　幾年後　她成了跨部門的支援通　但她不是主管職
因為那不是她學習的目的　她私下婉拒老闆了
可是她的薪水　都和主管並駕齊驅　甚至還更高
顯然　她的學習　公司看到了她的價值　給予肯定
只是　很多人仍覺得她為什麼要那麼傻　老為公司賣命
那是因為　他們公司每個人的薪資　都是不公開的

你知道嗎　她還利用假日　自費去上了非常多課程
像語文進修　營養師證照　財務規畫　和法律知識等課程
她錢太多嗎　還是時間太多
或者真的很怕工作不保嗎
不　都不是
多學多幸福呀　讓自己幸福　也讓別人幸福　她說
請認真看一下她學習的內容
有沒有涵蓋現代生活　必備的能力
是不是可以幫助自己　也可以服務別人呢

所以　她能給朋友的詐欺案件　提供法律意見與支援
也能自由自在　快樂地自助旅行
還幫公司的團膳午餐　提供專業證照營養師的意見
並且把個人　家人的財務　規畫得一級棒
你說　學習是不是一種快樂　也是一種幸福工程呢

有時候放一下下，事情會顯得更清晰，然後再去衡量吧！
——夜光家族・孫振義

聰明人造就的機會比他發現的機會更多。
——培根

創造，或者醞釀未來的創造。這是一種必要性：
幸福只能存在於這種必要性得到滿足的時候。
——羅曼·羅蘭

懷著信念作戰，等於擁有雙倍的裝備。
——柏拉圖

手寫心靈・練習幸福

愛人與被愛同樣幸福
一旦得到就受用一輩子

愛人與被愛同樣幸福
一旦得到就受用一輩子

一封幸福的來信

今年九月二十八日　我和大吉國中全體師生　過了這輩子最難忘的教師節
這一切都因為你　光禹　謝謝你對嘉義民雄這所偏鄉小校的關懷與厚愛
讓全臺灣　甚至全世界　看見大吉　這對缺乏資源　極需支援的大吉來說
真是一件奇妙　幸福　又備受鼓舞的事啊

聽著你的聲音二十一年　每晚你溫暖關懷的話語　和你所分享的感人故事
都深深地影響著我的想法和人生態度　你陪著我從一個還在念書的國中生
到現在為人父　為人師　我很幸運生命中每個重要階段　都有你和我相伴
而我會從事教職　你真的是非常大的關鍵　教學七年來我一直認真告訴孩子
在課業之外　人生還有更多寶貴的事　禮貌　品格和態度就是
這些　都是你對我的深刻影響　如今　我把它們傳給我的學生　我的孩子
我的心中　充滿了感激
在大吉　每個教職員工和孩子　都把學校當成了家
就像你也把夜光家族　當成家一樣地付出與經營
邵冰瑩校長說得真好　她說每個早晨當她站在校門迎接大吉孩子微笑的臉龐時
彷彿迎接著明亮的太陽　而每個夜晚當她守著廣播聆聽光禹誠摯溫馨的談心時
好似看見了燦爛的星光　這兩者都是她生活中　不可或缺的幸福
沒錯　這就是我心中的大吉和光禹　也是我現在的兩大幸福力量來源

有空的話可以來這裡走走看看嗎　你一定可以感受到被鳳梨田環繞的大吉國中
雖然偏遠　純樸　每天卻有著許多幸福故事在發生
因為這裡有充滿教育熱忱的教職同仁　還有真心感恩　知足又快樂的孩子們
是他們　成就了鳳梨田裡的大吉傳奇　與幸福美景

隨信附上的美術班學生畫作明信片與他們的作品集
都是學校老師自發性　為孩子所留下的紀錄
每一頁　每幅圖　每個字句　都交織著大吉師生間　綿厚的情感與溫度
就像你和夜光家族　多年的愛與故事
謝謝你再一次走入　感動了我的生命　也激勵了全體大吉師生
我們會繼續帶著這份光前行　繼續傳承這份有光的幸福
我們一起繼續加油吧

大吉國中教務主任　侯文傑
二〇一七年十月

堅持不是一個長跑，它是很多一個接一個的短跑。
　　　　——沃爾特·埃利奧特

　　/　　/　　/

　　/　　/　　/

英雄並不比常人勇敢，他只是以常人多勇敢五分鐘而已！
　　　　——愛默生

每天吃好每一餐，清楚每一刻的自我，就是幸福。
——夜光家族‧胡光廣

/   /   /

/   /   /

處在逆境時，如果沒有人把它當作比你更沉重的重荷，必然更難以忍受。
——西塞羅

每個人都是自己的命運建築師。
　　——沙拉斯特

生命是一頓豐富的宴席，有人卻寧可挨餓。
　　——利奧·巴卡力士

手寫心靈・練習幸福

每天都是幸福的起點
你就是幸福的答案

每天都是幸福的起點
你就是幸福的答案

2018 年曆

一月

日	一	二	三	四	五	六
	1 元旦	2 十六	3 十七	4 十八	5 小寒	**6** 二十
7 廿一	8 廿二	9 廿三	10 廿四	11 廿五	12 廿六	**13** 廿七
14 廿八	15 廿九	16 三十	17 臘月	18 初二	19 初三	**20** 大寒
21 初五	22 初六	23 初七	24 初八	25 初九	26 初十	**27** 十一
28 十二	29 十三	30 十四	31 十五			

二月

日	一	二	三	四	五	六
				1 十六	2 十七	**3** 十八
4 立春	5 二十	6 廿一	7 廿二	8 廿三	9 廿四	**10** 廿五
11 廿六	12 廿七	13 廿八	14 廿九	**15** 除夕	**16** 春節	**17** 初二
18 初三	**19** 雨水	**20** 初五	21 初六	22 初七	23 初八	**24** 初九
25 初十	26 十一	27 十二	**28** 和平紀念			

三月

日	一	二	三	四	五	六
				1 十四	2 十五	**3** 十六
4 十七	5 驚蟄	6 十九	7 二十	8 廿一	9 廿二	**10** 廿三
11 廿四	12 廿五	13 廿六	14 廿七	15 廿八	16 廿九	**17** 二月
18 初二	19 初三	20 初四	21 春分	22 初六	23 初七	**24** 初八
25 初九	26 初十	27 十一	28 十二	29 十三	30 十四	**31** 十五

四月

日	一	二	三	四	五	六
1 十六	2 十七	3 十八	**4** 兒童節	**5** 清明	6 廿一	**7** 廿二
8 廿三	9 廿四	10 廿五	11 廿六	12 廿七	13 廿八	**14** 廿九
15 三十	16 三月	17 初二	18 初三	19 初四	20 穀雨	**21** 初六
22 初七	23 初八	24 初九	25 初十	26 十一	27 十二	**28** 十三
29 十四	30 十五					

五月

日	一	二	三	四	五	六
		1 勞動節	2 十七	3 十八	4 十九	**5** 立夏
6 廿一	7 廿二	8 廿三	9 廿四	10 廿五	11 廿六	**12** 廿七
13 廿八	14 廿九	15 四月	16 初二	17 初三	18 初四	**19** 初五
20 初六	21 小滿	22 初八	23 初九	24 初十	25 十一	**26** 十二
27 十三	28 十四	29 十五	30 十六	31 十七		

六月

日	一	二	三	四	五	六
					1 十八	**2** 十九
3 二十	4 廿一	5 廿二	6 芒種	7 廿四	8 廿五	**9** 廿六
10 廿七	11 廿八	12 廿九	13 三十	14 五月	15 初二	**16** 初三
17 初四	**18** 端午	19 初六	20 初七	21 夏至	22 初九	**23** 初十
24 十一	25 十二	26 十三	27 十四	28 十五	29 十六	**30** 十七

七月

日	一	二	三	四	五	六
1 十八	2 十九	3 二十	4 廿一	5 廿二	6 廿三	**7** 小暑
8 廿五	9 廿六	10 廿七	11 廿八	12 廿九	13 六月	**14** 初二
15 初三	16 初四	17 初五	18 初六	19 初七	20 初八	**21** 初九
22 初十	23 大暑	24 十二	25 十三	26 十四	27 十五	**28** 十六
29 十七	30 十八	31 十九				

八月

日	一	二	三	四	五	六
			1 二十	2 廿一	3 廿二	**4** 廿三
5 廿四	6 廿五	7 立秋	8 廿七	9 廿八	10 廿九	**11** 七月
12 初二	13 初三	14 初四	15 初五	16 初六	17 初七	**18** 初八
19 初九	20 初十	21 十一	22 十二	23 處暑	24 十四	**25** 十五
26 十六	27 十七	28 十八	29 十九	30 二十	31 廿一	

九月

日	一	二	三	四	五	六
						1 廿二
2 廿三	3 廿四	4 廿五	5 廿六	6 廿七	7 廿八	**8** 白露
9 三十	10 八月	11 初二	12 初三	13 初四	14 初五	**15** 初六
16 初七	17 初八	18 初九	19 初十	20 十一	21 十二	**22** 十三
23 秋分	**24** 中秋	25 十六	26 十七	27 十八	28 十九	**29** 二十
30 廿一						

十月

日	一	二	三	四	五	六
	1 廿二	2 廿三	3 廿四	4 廿五	5 廿六	**6** 廿七
7 廿八	8 寒露	9 九月	**10** 國慶日	11 初三	12 初四	**13** 初五
14 初六	15 初七	16 初八	17 初九	18 初十	19 十一	**20** 十二
21 十三	22 十四	23 霜降	24 十六	25 十七	26 十八	**27** 十九
28 二十	29 廿一	30 廿二	31 廿三			

十一月

日	一	二	三	四	五	六
				1 廿四	2 廿五	**3** 廿六
4 廿七	5 廿八	6 廿九	7 立冬	8 十月	9 初二	**10** 初三
11 初四	12 初五	13 初六	14 初七	15 初八	16 初九	**17** 初十
18 十一	19 十二	20 十三	21 十四	22 小雪	23 十六	**24** 十七
25 十八	26 十九	27 二十	28 廿一	29 廿二	30 廿三	

十二月

日	一	二	三	四	五	六
						1 廿四
2 廿五	3 廿六	4 廿七	5 廿八	6 廿九	7 大雪	**8** 初二
9 初三	10 初四	11 初五	12 初六	13 初七	14 初八	**15** 初九
16 初十	17 十一	18 十二	19 十三	20 十四	21 十五	**22** 冬至
23 十七	24 十八	25 十九	26 二十	27 廿一	28 廿二	**29** 廿三
30 廿四	31 廿五					

2019 年曆

一月

日	一	二	三	四	五	六
		1 元旦	2 廿七	3 廿八	4 廿九	**5** 三十
6 臘月	7 初二	8 初三	9 初四	10 初五	11 初六	**12** 初七
13 初八	14 初九	15 初十	16 十一	17 十二	18 十三	**19** 十四
20 大寒	21 十六	22 十七	23 十八	24 十九	25 二十	**26** 廿一
27 廿二	28 廿三	29 廿四	30 廿五	31 廿六		

二月

日	一	二	三	四	五	六
					1 廿七	**2** 廿八
3 廿九	**4** 除夕	**5** 春節	**6** 初二	**7** 初三	**8** 初四	9 初五
10 初六	11 初七	12 初八	13 初九	14 初十	15 十一	**16** 十二
17 十三	18 十四	19 雨水	20 十六	21 十七	22 十八	**23** 十九
24 二十	25 廿一	26 廿二	27 廿三	**28** 和平紀念		

三月

日	一	二	三	四	五	六
					1 廿五	**2** 廿六
3 廿七	4 廿八	5 廿九	6 驚蟄	7 二月	8 初二	**9** 初三
10 初四	11 初五	12 初六	13 初七	14 初八	15 初九	**16** 初十
17 十一	18 十二	19 十三	20 十四	21 春分	22 十六	**23** 十七
24 十八	25 十九	26 二十	27 廿一	28 廿二	29 廿三	**30** 廿四
31 廿五						

四月

日	一	二	三	四	五	六
	1 廿六	2 廿七	3 廿八	**4** 兒童節	**5** 清明	6 初二
7 初三	8 初四	9 初五	10 初六	11 初七	12 初八	**13** 初九
14 初十	15 十一	16 十二	17 十三	18 十四	19 十五	**20** 穀雨
21 十七	22 十八	23 十九	24 二十	25 廿一	26 廿二	**27** 廿三
28 廿四	29 廿五	30 廿六				

五月

日	一	二	三	四	五	六
			1 勞動節	2 廿八	3 廿九	**4** 三十
5 四月	6 立夏	7 初三	8 初四	9 初五	10 初六	**11** 初七
12 初八	13 初九	14 初十	15 十一	16 十二	17 十三	**18** 十四
19 十五	20 十六	21 小滿	22 十八	23 十九	24 二十	**25** 廿一
26 廿二	27 廿三	28 廿四	29 廿五	30 廿六	31 廿七	

六月

日	一	二	三	四	五	六
						1 廿八
2 廿九	3 五月	4 初二	5 初三	6 芒種	**7** 端午	8 初八
9 初七	10 初八	11 初九	12 初十	13 十一	14 十二	**15** 十三
16 十四	17 十五	18 十六	19 十七	20 十八	21 十九	**22** 夏至
23 廿一	24 廿二	25 廿三	26 廿四	27 廿五	28 廿六	**29** 廿七
30 廿八						

七月

日	一	二	三	四	五	六
	1 廿九	2 三十	3 六月	4 初二	5 初三	**6** 初四
7 小暑	8 初六	9 初七	10 初八	11 初九	12 初十	**13** 十一
14 十二	15 十三	16 十四	17 十五	18 十六	19 十七	**20** 十八
21 十九	22 二十	23 大暑	24 廿二	25 廿三	26 廿四	**27** 廿五
28 廿六	29 廿七	30 廿八	31 廿九			

八月

日	一	二	三	四	五	六
				1 七月	2 初二	**3** 初三
4 初四	5 初五	6 初六	7 初七	8 立秋	9 初九	**10** 初十
11 十一	12 十二	13 十三	14 十四	15 十五	16 十六	**17** 十七
18 十八	19 十九	20 二十	21 廿一	22 廿二	23 處暑	**24** 廿四
25 廿五	26 廿六	27 廿七	28 廿八	29 廿九	30 八月	**31** 初二

九月

日	一	二	三	四	五	六
1 初三	2 初四	3 初五	4 初六	5 初七	6 初八	**7** 初九
8 白露	9 十一	10 十二	11 十三	12 十四	**13** 中秋	14 十六
15 十七	16 十八	17 十九	18 二十	19 廿一	20 廿二	**21** 廿三
22 廿四	23 秋分	24 廿六	25 廿七	26 廿八	27 廿九	**28** 三十
29 九月	30 初二					

十月

日	一	二	三	四	五	六
		1 初三	2 初四	3 初五	4 初六	**5** 初七
6 初八	7 初九	8 寒露	9 十一	**10** 國慶日	11 十三	**12** 十四
13 十五	14 十六	15 十七	16 十八	17 十九	18 二十	**19** 廿一
20 廿二	21 廿三	22 廿四	23 廿五	24 霜降	25 廿七	**26** 廿八
27 廿九	28 十月	29 初二	30 初三	31 初四		

十一月

日	一	二	三	四	五	六
					1 初五	**2** 初六
3 初七	4 初八	5 初九	6 初十	7 十一	8 立冬	**9** 十三
10 十四	11 十五	12 十六	13 十七	14 十八	15 十九	**16** 二十
17 廿一	18 廿二	19 廿三	20 廿四	21 廿五	22 小雪	**23** 廿七
24 廿八	25 廿九	26 十一月	27 初二	28 初三	29 初四	**30** 初五

十二月

日	一	二	三	四	五	六
1 初六	2 初七	3 初八	4 初九	5 初十	6 十一	**7** 大雪
8 十三	9 十四	10 十五	11 十六	12 十七	13 十八	**14** 十九
15 二十	16 廿一	17 廿二	18 廿三	19 廿四	20 廿五	**21** 廿六
22 冬至	23 廿八	24 廿九	25 三十	26 臘月	27 初二	**28** 初三
29 初四	30 初五	31 初六				

二十四節氣飲食宜忌

● **立春**（國曆2月3或4或5日）

春天宜多吃點甜的、少吃點酸的，以養脾氣。這裡的「甜」，指的是能夠養生養脾的紅棗等，可以將紅棗、銀耳悶煮成甜湯飲用。而春天的開始也容易因季節變換而感冒不適，這時可多食用以薑、蒜、蔥等煮成的各式菜色，提高免疫力。

● **雨水**（國曆2月18或19或20日）

季節變化容易受風寒，請勿馬上收起冬衣。這時不建議吃過多辛辣食物，例如辣椒、胡椒、丁香等重調味的菜。而當令又適宜的蔬菜是茼蒿，茼蒿具有豐富的維生素，以及補脾健胃的功能，吃火鍋的時候不妨多放些吧！

● **驚蟄**（國曆3月5或6或7日）

此時養生重點在於護肝，正適合吃高麗菜、白菜，它們擁有豐富營養和膳食纖維，不僅對肝臟、對身體都很好，輕鬆炒一盤香菇或杏鮑菇白菜，就能得到這些養生的益處！平時則可喝點菊花茶，據說有清肝明目的效果。

● **春分**（國曆3月20或21或22日）

飲食以清淡，去油膩為主。若因天氣冷暖不定而無胃口，或想稍微養生補補身子，可以煮個紅豆粥、桂圓蓮子粥等來進食，但要注意這些粥品請趁熱吃，不要放入冰箱冰涼後才食用，這個時節還不適合吃寒涼的食物。

● **清明**（國曆4月4或5或6日）

有聽過「柔肝養肺」嗎？這就是形容清明時的最佳養生方針，而能柔肝養肺的東西，就是像山藥、枸杞、菠菜等比較性味清涼的寒性食物。此外，在這時節，情緒容易受到波動，宜喝茉莉花茶，性微涼、能平定情緒，是不錯的選擇。

● **穀雨**（國曆4月19或20或21日）

春末正適宜養生進補，但應以清淡、讓身體有能量的食物為主，例如在這時期的最佳蔬菜：香椿，可以利用它簡單做個料理，像是香椿炒蛋、香椿豆腐

等，或者將香椿搗碎後加入蒜頭、醬油等當成調味醬，沾醬或加入麵條裡也很美味。

● 立夏（國曆5月5或6或7日）

剛進入夏天，吃點「苦」對身體好，苦瓜就是立夏時節能「除邪熱，解勞乏，清心明目」（《本草綱目》所言）的好食物！另外天氣漸熱，要注意食物的保存以及食用新鮮度等問題，別讓食物中毒、拉肚子找上你。

● 小滿（國曆5月20或21或22日）

天氣雖然炎熱，但這時吃些辛溫的蔥蒜，對身體是好的，不過主食還是要以清爽清淡為主，例如黃瓜、冬瓜、絲瓜、蓮藕所烹調的菜色；水果則可吃西瓜、香蕉等。至於這時期的最佳甜湯，當然就屬綠豆湯了。

● 芒種（國曆6月5或6或7日）

梅雨時期要預防溼熱對身體的影響，以及食物容易發霉。能祛溼的食物有紅豆、薏仁、山藥等，用三種食材煮成一鍋紅豆薏仁山藥湯，不僅好吃，對身體更有益！此外在芒種時，很多專家認為午睡補眠是恢復體力的要點之一。

● 夏至（國曆6月20或21或22日）

夏天容易胃口不佳、身體倦怠，此時可吃些粥品來補充體力，例如綠豆稀飯，或加強版的百合蓮子綠豆粥，一來清涼爽口，二來還能補充水分。至於飲料可以自製山楂烏梅湯，生津止渴，據說還有安神的作用。

● 小暑（國曆7月6或7或8日）

自古有「小暑吃藕」的習俗，所以在這時節不管把蓮藕煮成菜，或加水煮成蓮藕茶來喝，都是很好的消暑解熱方法。豆芽菜也是夏天的好食材，清燙或熱炒一下便是菜色的一種，熱量低又清暑熱，值得推薦。

● 大暑（國曆7月22或23或24日）

補充水分是夏天的重大事情，除了白開水之外，「六月大暑吃仙草，活如神仙不會老。」仙草茶具有去暑的功能，若可能，選擇無糖最好。另有一說「大暑吃鳳梨」，此時的鳳梨正是盛產，鳳梨含有鳳梨酵素和膳食纖維及維生素，是消暑養生的最佳代表。

- **立秋**（國曆8月7或8或9日）

  秋天帶來秋燥，這時吃些滋陰潤肺的東西對身體好，例如蘿蔔、番茄、紅棗、芝麻等，簡單煮個南瓜湯也不錯。檸檬、葡萄、蘋果、柚子等酸味水果也適合這時候吃，而辣椒、韭菜、蔥、薑、蒜這些辛辣食物就得少吃了。

- **處暑**（國曆8月22或23或24日）

  此時節正是龍眼盛產期，龍眼相傳能增強記憶、消除疲勞，但是吃多容易上火，所以需斟酌食用。龍眼還能烘焙成龍眼乾，可以加上紅棗煮成桂圓紅棗茶，也能跟白米煮成桂圓粥等，百變吃法讓你隨時都能品嘗到龍眼的好處。

- **白露**（國曆9月7或8或9日）

  天氣轉涼，季節變化身體容易微恙，這時適合吃一些潤肺止咳的食物，例如銀耳、百合、杏仁等，煮成粥或甜湯，都很溫潤美味。當季的水果例如蘋果、梨子、葡萄等也很適合食用，就是別再吃西瓜這類較寒的東西了。

- **秋分**（國曆9月22或23或24日）

  白色蔬菜適合在秋天多吃，因為據說白色蔬菜有著養陰生津的功能，像是蘿蔔、花椰菜、高麗菜、白菜、洋菇等，都屬於這一類。而這之中就屬蘿蔔最百搭了，可與肉類等煮成湯或滷味，是變化菜色與健康養生的好食材。

- **寒露**（國曆10月7或8或9日）

  天氣冷了，可以開始吃些活血理氣的食物，當歸做成的料理就很適合現在食用，不管是當歸排骨、當歸鴨，香噴噴帶著中藥味，就先暖和了你的心！而在秋天的這個時期，烤或蒸個地瓜，還是煮成地瓜湯，不僅健康養生，也暖了你的身子。

- **霜降**（國曆10月23或24日）

  深秋吃些暖胃補身的食物，例如地瓜、花生、栗子、南瓜等，都會讓你的身心覺得舒服！水果方面則推薦當令的柿子，營養香甜、軟硬可挑，但柿子性寒，胃不好的人請遠之，而胃健康者也不要空腹吃柿子，以免胃不舒適。

● **立冬**（國曆11月7或8日）

立冬時節可以吃一些熱量高的食物，例如當歸生薑羊肉爐等，但並不表示可以無節制地大吃大喝，適度的進食才是對身體好！也有人認為立冬要「黑」進補，例如多吃黑糯米、黑豆、黑木耳、黑芝麻等，同樣也是淺嘗即可。

● **小雪**（國曆11月21或22或23日）

黑色食物在這時節還是大推！可以喝點黑芝麻糊來暖身。栗子在這時節已經大出，栗子營養多多，據說還有補腎益脾胃的功能，可以單吃糖炒栗子，或者用電鍋煮成栗子飯，也可將栗子入湯煮成栗子雞湯，多多享受栗子帶來的好處。

● **大雪**（國曆12月6或7或8日）

冬季早起喝碗熱熱的粥，像是鹹的羊肉粥或甜的桂圓紅棗粥，都對身體有益並能讓人感覺舒服！另外，據說在此時節吃海帶能夠抗寒，而且海帶具有高鈣的好處，在寒冷的此時，不妨煮個海帶排骨湯來養養生吧！

● **冬至**（國曆12月21或22或23日）

冬至吃湯圓是習俗，但湯圓熱量高，尤其是包餡湯圓，記得要少糖水、少吃幾顆，才能保健康。而這時節亦可吃些根莖類的食物，例如地瓜、山藥、花生、芋頭、馬鈴薯等，據說能與土地接氣，也就是說可以直接接地氣，快點吃一口接好運吧！

● **小寒**（國曆1月5或6或7日）

臘八可能遇到小寒或是大寒時，記得煮上一鍋臘八粥，多種豆類含有各式營養，一次就能滿足！而天氣越冷越想進補，在進補的時候不妨搭配洛神花茶，此時節正是洛神花盛產的時候，洛神花茶酸甜可口，解油膩又能退火氣。

● **大寒**（國曆1月19或20或21日）

利用大蒜、花椒、生薑、辣椒等烹調出來的菜色，可以讓身體帶來溫暖，但切忌吃得過多，以免適得其反。這時喝碗溫和的雞湯，是寒冷天氣的好選擇，以雞肉、香菇、紅棗慢火燉煮，熬成的雞湯將帶來飽滿的元氣。

我的夢想清單

未來的一年裡，讓我們一起訂下約定，把夢想寫下，
在日日陪伴與耕耘下，一定能讓幸福實現的。

夢想 1 號

夢想 2 號

夢想 3 號

夢想儲蓄規畫

完成夢想需要現實條件的支持，
邁向幸福就從儲蓄開始。

	夢想 **1** 號		夢想 **2** 號		夢想 **3** 號	
目標金額						
達標日期						
	月存目標	實際金額	月存目標	實際金額	月存目標	實際金額
第 1 個月						
第 2 個月						
第 3 個月						
第 4 個月						
第 5 個月						
第 6 個月						
第 7 個月						
第 8 個月						
第 9 個月						
第 10 個月						
第 11 個月						
第 12 個月						

為夢想加分

回頭看看，許下夢想時的初心，
相信往前邁進的腳步會更穩健。

夢想 1 號	→這個月你往夢想邁進了多少步？給自己一點鼓勵吧！								
第 1 個月	10%	20%	很棒喔	40%	50%	60%	70%	80%	90%	100%
第 2 個月	10%	20%	30%	40%	50%	再堅持一下	70%	80%	90%	100%
第 3 個月	10%	20%	30%	40%	50%	60%	70%	80%	夢想近在眼前	100%
第 4 個月	10%	20%	很棒喔	40%	50%	60%	70%	80%	90%	100%
第 5 個月	10%	20%	30%	40%	50%	60%	70%	80%	90%	100%
第 6 個月	10%	20%	30%	40%	50%	再堅持一下	70%	80%	90%	100%
第 7 個月	10%	20%	很棒喔	40%	50%	60%	70%	80%	90%	100%
第 8 個月	10%	20%	30%	40%	50%	60%	70%	80%	夢想近在眼前	100%
第 9 個月	10%	20%	30%	40%	50%	60%	70%	80%	90%	100%
第 10 個月	10%	20%	很棒喔	40%	50%	60%	70%	80%	90%	100%
第 11 個月	10%	20%	30%	40%	50%	再堅持一下	70%	80%	90%	100%
第 12 個月	10%	20%	30%	40%	50%	60%	70%	80%	90%	100%

夢想 2 號 →這個月你往夢想邁進了多少步？給自己一點鼓勵吧！										
第 1 個月	10%	20%	很棒喔	40%	50%	60%	70%	80%	90%	100%
第 2 個月	10%	20%	30%	40%	50%	再堅持一下	70%	80%	90%	100%
第 3 個月	10%	20%	30%	40%	50%	60%	70%	80%	夢想近在眼前	100%
第 4 個月	10%	20%	很棒喔	40%	50%	60%	70%	80%	90%	100%
第 5 個月	10%	20%	30%	40%	50%	60%	70%	80%	90%	100%
第 6 個月	10%	20%	30%	40%	50%	再堅持一下	70%	80%	90%	100%
第 7 個月	10%	20%	很棒喔	40%	50%	60%	70%	80%	90%	100%
第 8 個月	10%	20%	30%	40%	50%	60%	70%	80%	夢想近在眼前	100%
第 9 個月	10%	20%	30%	40%	50%	60%	70%	80%	90%	100%
第 10 個月	10%	20%	很棒喔	40%	50%	60%	70%	80%	90%	100%
第 11 個月	10%	20%	30%	40%	50%	再堅持一下	70%	80%	90%	100%
第 12 個月	10%	20%	30%	40%	50%	60%	70%	80%	90%	100%

夢想 3 號 →這個月你往夢想邁進了多少步？給自己一點鼓勵吧！

第 1 個月	10%	20%	很棒喔	40%	50%	60%	70%	80%	90%	100%
第 2 個月	10%	20%	30%	40%	50%	再堅持一下	70%	80%	90%	100%
第 3 個月	10%	20%	30%	40%	50%	60%	70%	80%	夢想近在眼前	100%
第 4 個月	10%	20%	很棒喔	40%	50%	60%	70%	80%	90%	100%
第 5 個月	10%	20%	30%	40%	50%	60%	70%	80%	90%	100%
第 6 個月	10%	20%	30%	40%	50%	再堅持一下	70%	80%	90%	100%
第 7 個月	10%	20%	很棒喔	40%	50%	60%	70%	80%	90%	100%
第 8 個月	10%	20%	30%	40%	50%	60%	70%	80%	夢想近在眼前	100%
第 9 個月	10%	20%	30%	40%	50%	60%	70%	80%	90%	100%
第 10 個月	10%	20%	很棒喔	40%	50%	60%	70%	80%	90%	100%
第 11 個月	10%	20%	30%	40%	50%	再堅持一下	70%	80%	90%	100%
第 12 個月	10%	20%	30%	40%	50%	60%	70%	80%	90%	100%

為夢想喝采

恭喜你完成夢想，不論完成度多高，我都看見你的努力，
歡迎你用文字、圖畫、照片等各種方式，
分享你這一年來在夢想路上的種種風景。

國家圖書館出版品預行編目資料

日記幸福 ／ 光禹作. -- 初版. -- 臺北市：圓神，2017.12
320面；17×23公分. -- （圓神文叢；226）

ISBN 978-986-133-641-1（精裝）

855　　　　　　　　　　　　　　　106019153

Eurasian Publishing Group
圓神出版事業機構
用心同你對話・視野無限寬廣

圓神出版社
Eurasian Press

www.booklife.com.tw　　　　　　　　reader@mail.eurasian.com.tw

圓神文叢 226

日記幸福

作　　　者／光禹
發 行 人／簡志忠
出 版 者／圓神出版社有限公司
地　　　址／臺北市南京東路四段50號6樓之1
電　　　話／（02）2579-6600・2579-8800・2570-3939
傳　　　真／（02）2579-0338・2577-3220・2570-3636
總 編 輯／陳秋月
主　　　編／吳靜怡
責任編輯／吳靜怡
校　　　對／吳靜怡・賴逸娟
美術編輯／劉鳳剛
行銷企畫／范綱鈞・徐緯程
印務統籌／劉鳳剛・高榮祥
監　　　印／高榮祥
排　　　版／莊寶鈴
經 銷 商／叩應股份有限公司
郵撥帳號／18707239
法律顧問／圓神出版事業機構法律顧問　蕭雄淋律師
印　　　刷／祥峰印刷廠
2017年12月　初版
2018年4月　　6刷

定價499元　　　　ISBN 978-986-133-641-1